枫泾民间传说拾遗

郁林兴 著

上海人民出版社

图书在版编目(CIP)数据

枫泾民间传说拾遗/郁林兴著.—上海:上海人
民出版社,2018
ISBN 978 - 7 - 208 - 15000 - 3

Ⅰ.①枫… Ⅱ.①郁… Ⅲ.①民间故事-作品集-金
山区 Ⅳ.①I277.3

中国版本图书馆 CIP 数据核字(2018)第 019702 号

责任编辑 赵蔚华
封面设计 陈 酌

枫泾民间传说拾遗

郁林兴 著

出 版	上海人民出版社
	(200001 上海福建中路 193 号)
发 行	上海人民出版社发行中心
印 刷	江阴金马印刷有限公司
开 本	787×1092 1/32
印 张	8.25
插 页	6
字 数	147,000
版 次	2018 年 3 月第 1 版
印 次	2018 年 3 月第 1 次印刷

ISBN 978 - 7 - 208 - 15000 - 3/I · 1693
定 价 48.00 元

郁林兴

郁林兴,男,1962年生。现为中国民间文艺家协会会员、上海民间文艺家协会理事,中国戏剧文学学会会员、上海戏剧文学学会理事,上海市作家协会会员,中国故事委员会副主任、中国故事基地管理委员会主任,《民间文学》杂志副主编,上海故事家协会副会长,金山区文联副主席,上海金山区银杏树民间文学发展中心主任,中国民间文学最高奖"山花奖"获得者。长期从事民间文学创作研究,发表作品百余万字,获省市及国家级奖项30多次。编著出版《故事:故事背后的故事》《推开新故事创作之门》《银杏树下金鸡啼》《印象枫泾》等图书20多种。

序

"故事是人生必需的设备。"

肯尼斯·伯克对故事的概括真是生动精妙，耐人寻味。

那么，传说呢？

对留传在人类各个民族、各个地区、各个部落的铺天盖地的民间传说，能否也用一句话来作准确、传神的概括呢？

我不揣浅陋，试试。

"传说是历史修饰过的胎记。"

虽属鹦鹉学舌，但我想，对故事与传说这两种文学样式的区别的描述应该是八九不离十了。

简言之，设备，是外在的，即靠外部力量制作。换成创作术语来说，是可以虚构的。

而胎记，则是与生俱来的。虽然也可以修饰，即也可以有一定的虚构，但却无法脱离母体的基因。

如果觉得这样的表达太感性，有些不着边际，那么，就搬出一个大家来，听听中国民间文学理论研究的权威乌丙安教授的说法吧：

传说"是与历史事件、人物相联系的或与地方事物（名胜、古迹、风俗、地方特产或常见事物）有关联的幻想性散文叙事作品"。传说的一个最突出特征，就是一切虚构因素、幻想成分、奇异形象总是要与一定的可信事物紧密联系在一起的。而"民间故事的人物和情节，几乎很少有附会到具体事物上的，有的故事即使关联到某些事物上，但在内容的基本特色上与传说内容的生活特色也有区别。"（参见《民间文学概论》）

好了，就不在概念上饶舌了。

传说也好，故事也好，作为民间文学最重要的载体，几乎对每个人的成长都起到过潜移默化的影响作用。不是吗？从涉世不深的孩童到经历丰富的成人，都或多或少地接触过神话传说、民间故事、童话寓言，并从中分辨真善美，懂得世界运行的基本准则，学会人和人的处世之道。可以说，民间文学是人类最早的启蒙教材，也是一代代人生产生活经验的生动总结，更是历史赋予人类的最原始、最宝贵的精神财富。

民间传说带有浓郁的地方色彩，这和当时创作者所处的地理环境和人文环境有着密不可分的联系。几乎每一部作品都沉淀着不同时代的思想、文化、道德因素，反映着不同地区民俗文化的基本特性。几乎每一部作品的诞生，都经历了千百年的口口相传、修改补充、反复锤炼。这些来自社会底层的民间叙事，充斥着传奇色彩和本土气息，经历过无数次社会动荡和体制转型，却依旧带着强大的生命力沿袭至今，其中所蕴含的文化内涵与精神密码，足以激发起一代一代人孜孜不倦的探索情怀。我想这也是民间传说让人着迷的重要原因之一。

我的故乡枫泾，天泽地润，有着一千五百多年的历史，是蜚声中外的江南名镇。在这方天这方地里，大自然惠泽给它得天独厚的条件，不同的时代境遇又构成了它别具一格的个性。先民们胼手胝足开拓了这片物华天宝之地，又用慧性灵心创造了人文荟萃的显赫声誉。在美丽的古镇里，难以尽述的迷人传说与故事启迪着人们的大胆想象，悦耳动人的民歌又陶冶着人们的高尚情操，含蓄蕴藉的民谣民谚扩充着人们的处世智慧。虽然风卷云涌的历史总是稍纵即逝，但这些贮存于民间的瑰宝，却像洁白的乳汁绵绵流传，哺育着一代又一代的子民。

在这块宝地上，有太多值得记下来的民间传说，而且，虽然许多作品情节相同，但由于传承人的叙事方法与立场态度不同，竟会呈现出千差万别的气象。如果行文过于粗陋，笔法过于简单，风格过于同质化，这甚至会毁掉一部可以传世的作品。

同样，如果想象过于放肆，个性过于剽悍，构筑过于轻慢，也可能会糟蹋一件祖先留下的宝物。于是，于分寸之中见功力，就显得格外重要。如何精准地描述人物之间的微妙关系，如何抓住矛盾让情节发展层层推进，如何把传说的来龙去脉讲得惊心动魄，如何用个人辨识度很高的语言风格抓住读者，又如何在故事中提炼出生活的本质和作家的识见，这对传承民间传说的创作与整理者来说，都是非常有难度的考验。正因为如此，民间传说的传承人就有了高下之分，优劣之别。

幸好，我的挚友、著名故事家郁林兴这本《枫泾民间传说拾遗》给了我满足与惊喜。据我所知，从20世纪90年代初起，林兴就潜心研究古镇枫泾的历史文化。他花了大量心血去挖掘口口相传的民间传说，将不同版本加以梳理，然后从繁杂纷乱中甄别出璞玉浑金，最后以郁氏独特的风格重述新的民间传说。这个漫长而艰难的过程，需要作者以极大的耐心和定力，一点点去完成。换句话说，这既需要良好的文学素养与艺术准备，更需要新时代的工匠精神。

工匠当然不等于从事机械重复的工作，而是对作品本身的精益求精，在整理与创作过程中用一丝不苟的态度，精心营造叙事框架，不断打磨艺术细节，孜孜不倦地追求完美。在这个物欲横流的时代，在消费主义和拜金盛行的社会里，这种工匠精神无疑是难能可贵的。单从目录，我就能看到作者对枫泾民间故事的用心之深。正因为如此，这本书对于传承枫泾的特色文化有着十分重要的意义。

其中《海瑞罢官事起枫泾》《徐阶梦断徐角佬》《伍子胥遇难千金塘》等故事，讲述了中外有名的历史人物和古镇枫泾的密切联系，为枫泾增添了浓厚的人文色彩。而《离奇面杖港》《打不牢的桥桩》《天香豆腐干》等故事，则从多方面切入，还原枫泾当地的历史建筑、文化古迹、民间美食，让人耳目一新。《白龟神医》《神鸟相助破龙脉》《五个泥墩救新义》则把动物塑造成一种具有神圣品格的角色，通过动物的拟人化，寄托了人们对美好品德的憧憬和向往。这些作品，分别从不同的角度，运用不同的叙事手段，反映出枫泾丰富多彩、趣味横生的民间生活，也在描写人和自我、人和人、人和社会的关系中，充分展示出先贤们的智慧与美德。另外，三篇为浙江萧山湘湖研究院整理的民间故事，也讲得生动别致，令人过目难忘。

其实，这本颇具特色的民间传说集，在林兴他那属于自己的生机盎然的"三分小竹园"里，仅仅算作一枚不太起眼的笋芽。检阅林兴的艺术成就，你会发现，他是民间文学领域极为难得的一个"三栖专家"：首先是著名的新故事作家。林兴痴情于新故事创作几十年，在漫长的岁月里，他凭借着惊人的毅力和浓厚的兴趣，创作了数百篇优秀故事，散见于全国各大刊物。坐拥一百余万字作品，以获"山花奖"，并出任"山花奖"

评委及国家级刊物《民间文学》副主编为标志，奠定了他在新故事创作界的地位。其次是新故事创作理论的拓荒者。许多年前他与人合作的近20万字的理论专著《推开新故事创作之门》（中国文联出版社出版），被圈内人士誉为新故事创作必备的工具书。再次是推动故事事业（是的，是事业）的活动家。他曾先后多次策划并主办过从区级到全国级的故事创作比赛与学术研讨活动，且每一次都搞得风生水起，硕果累累。正因如此，从2016年开始，他受命于中国故事委员会负责全国各省市举办的中国故事节的技术指导。从方案策划、规则制定、机制运行，到稿件审读、成果展示、观念传播，他都要履行指导、审定、决策的职责。

一个来自乡间的潇洒男儿，因为几十载情系故事，千百回思接故事，半辈子笔筑故事，令他那依然年轻的生命经历也变成了一则则精彩纷呈、引人入胜的新故事——因故事而成为上海市劳动模范，因故事而加入上海作家协会，因故事而荣膺金山区文化系统唯一的领军人才，因故事而名动天下，因故事而友朋四海……

说着说着，就把林兴在民间传说搜集整理方面的贡献这个话题扯开了。眼看天色已晚，就让我偷个懒，试着用下面两句话回到正题上来吧：

林兴的心血之作，是枫泾历史文化的一个美丽胎记；

林兴的故事人生，是古镇人杰地灵的一个动人传说。

写完这两行字，我想，今晚我可以烫上半壶枫泾老黄酒，就着三两枫泾豆腐干，去品鉴一个微醺的梦回枫泾的夜晚了！

当然，喝酒，还是要征得内人的同意。

哈哈，见笑了！

陆军

（作者为上海戏剧学院二级教授）

1

目
录

苏轼痛悼陈舜俞

公元 1071 年，苏轼因为被新党陷害，被贬到了杭州当通判。到任不久，就遇到严重的自然灾害，饥民塞道，米价腾飞。苏轼决定把用来修葺官舍的钱，先买米赈济饥民，又反复上疏，奏请朝廷减赋赈灾。朝廷先是拨米二十万石，又赐度牒三百以助赈饥，终于米价渐渐回落下来。

这天夜里，苏轼见明月当空，诗兴大发，正在庭院里吟诗，忽然一阵眩晕，跌坐在竹椅中。眼前突然出现一个白衣大汉，额头有一块红色瘢痕，跪倒就拜。苏轼大吃一惊，见那白衣大汉双目流泪，说道："请学士原谅小子的莽撞。学士既已来到杭州，可知陈舜俞大人身在难中吗？"

苏轼又是一惊，陈舜俞？他们同朝为官，意气相投，在朝堂上互相扶持，在生活中诗词唱和，真乃宇内第一知己了！不过因为和当朝宰相王安石政见不合，陈舜俞早已经辞去官职，回到家乡华亭芙蓉镇归隐田园，自己也被贬到杭州。因杭州与华亭不远，他正打算等赈济灾民的事告一段落，就去看望老朋友呢！难道，他出事了？

不等苏轼再问下去，那白衣大汉起身就走，苏轼急忙追了出去，却见前方白浪滔天，竟然是一条大河横在眼前，那白衣大汉突然跳进了河里，转眼不见了。苏轼一声大叫，睁眼一看，发现自己就站在自家院子里，眼前是官舍后院那道小小沟渠。

这一切历历在目，怎么都不像是做梦。苏轼心想，也许真的老友有难，于是决定抛开手头之事，到华亭去看望陈舜俞。

第二天一早，苏学士带了一个家僮随行。二人双骑，一路马不停蹄，到夕阳西下之时，来到了华亭芙蓉镇。只见眼前的镇子傍河而建，白瓦乌墙，风景如画。主仆二人下了马，向遇到的一个老者打听陈舜俞的家。那老者反复打量苏轼，突然大声喊道："乡亲们快抄家伙来啊，有人要捉拿陈大人了！"苏轼莫名其妙，见不知道从哪冒出了百十个衣不蔽体的男女，叫嚷着赶过来，把苏轼主仆围在中间。

他们说的是当地方言，苏轼听得一知半解。他急忙作揖，大声说："各位乡亲，我是陈大人的好友苏轼苏子瞻，我是来看望他的！他怎么了？是不是出了什么事？"这时，人群外一个年轻人用官话喊道："各位乡亲不要错怪好人，这个人是家父的好友。快快迎接。"见喊话的是陈舜俞的大公子，那些人这才露出平和的表情，纷纷行礼致歉。

陈大公子扑通跪倒，含泪说道："叔叔，快想办法搭救我父亲！"苏轼听到这句话，倒放下了心，起码目前，陈舜俞看来还没有性命之忧。

原来，江南这场大灾波及面极广，华亭的灾情比起杭州有过之而无不及。赋闲在家的陈舜俞每天读书绘画，云游远足，含饴弄孙，自得其乐，远离了朝廷上的尔虞我诈，钩心斗角，他的内心舒畅极了。不料灾情突如其来，陈舜俞看着遍地饿殍，怎么忍心坐视不理？他第一时间在家门外搭起了舍粥棚，可他两袖清风，廉洁奉公，向来没什么积蓄，所以舍粥不过十几天工夫，家里仅存的一点余粮也快施舍净尽。家里只有老母亲还能吃到白米饭，其他人只能喝粥，比起外头的灾民，也强不到哪去。

听到这里，苏轼忙问："你们当地的官府没有开仓放粮吗？"大公子悲愤地摇头道："华亭知县焦大成是个贪官，朝廷的赈济早都下来了，他居然克扣了一大半在府库里，巴望饿死的人再多一些时，再拿出来抛售，他好趁机大发横财！"

一听这话，气得苏轼捏紧了拳头骂道："这狗官视人命如草芥，胆敢如此！"

大公子接着说道，他父亲虽然隐居在家，目睹这样的事情哪里能忍得下去？于是搜集了很多灾民的状告信，又亲自查访到了第一手证据，准备带着这些进京去为民请命，告状去。不料就在他动身的前一天，竟然失踪了！

失踪了？苏轼这一惊非同小可，大公子确定地点头。陈舜俞活不见人死不见尸，家里人都怀疑此事和那狗官焦大成有关，也许已经遇害也说不定！全芙蓉镇的百姓都急了，见到两个穿官服的人来村里打听陈家，那老汉先入为主地认定是官府来捉拿陈大人的，这才发生了刚才的误会。

说话的工夫，天色黑了下来，大公子请苏轼到家里休息，再一起商议怎么寻找父亲。苏轼点头答应，跟着大公子来到陈家墙外，抬眼一看不由得十分心酸。只见大名鼎鼎的陈进士家里，不过是几间白瓦屋，一处小小院落，院墙外坐着躺着不少衣不蔽体的灾民，看见苏轼主仆过来，连爬起来围观的人都没有，他们实在是没有力气。

苏轼暗中赞叹：想我大宋，太祖皇帝早有圣训，须与士大夫共享天下。天朝官员的俸禄向来十分优厚，为历朝历代所仅见。陈大人在京时生活也很清苦，新党那些人还诽谤他是沽名钓誉，故意做出廉洁的假象来迷惑圣上。我虽然早知他两袖清风，哪料到竟如此清苦！不是他不善经营家业，而是他仗义疏财，把钱都用在救济他人了！苏轼心思极细，到了芙蓉镇后，一直在寻找那个额头有红色瘢痕的白衣大汉，却始终没发现什么相似的人。

　　饭罢，苏轼和陈家人研究半晌，都没想出什么好法子。苏轼十分焦躁，信步走出陈家，沿着河边闲步。突然他听到不远处有"哗啦、哗啦"的水声，是一头浑身雪白的牛从河里游了过来。他目不转睛地盯着白牛，月光下那白牛的前额有一撮深色的毛。苏轼心里一凛，那白牛已经上岸，跪趴在了苏轼的面前。苏轼轻声问道："白牛，你要带我去找陈大人吗？"白牛"哞哞"叫了几声，似乎在回应他。苏轼再不犹豫，爬上了牛背。那牛站了起来，竟然又下到河里。苏轼这一惊实是不小，只好紧紧抱住牛脖子，只觉得牛背宽阔平坦，居然比在陆地上骑马坐轿还要舒服得多。只是月光之下，四周都是无边无际的水面，宽阔辽远，居然无边无涯，回头看那岸边，已经消失不见，让他暗暗心惊。自己不识水性，这条性命完全系于身下这头白牛之上了，万一失脚落水，后果不堪设想！

　　也不知道白牛游了多远，眼前现出一片茫茫的芦苇，这里居然是一个巨大的江心墩！那白牛停靠在墩旁不游了。苏轼小声问："陈大人在墩上吗？"他的手搂着白牛的脖子，感觉到白牛在点头。苏轼滑下了牛背，迈步上了墩。见那江心墩上长满了树木荒草。苏轼摸索前行，好在月光明亮，眼前的一切都很清晰，不知不觉走了很远很远。突然，他听见树木丛里有人在说话。

　　"陈舜俞，饿两天了，滋味怎么样啊？赶紧交出那些状纸证据，马上放你回去，否则这里就是你的毙命之地！”

苏轼大吃一惊，就听另一个熟悉至极的声音说道：“告诉狗官，我陈舜俞两袖清风，更不惜命，只有几根硬骨头。我死无妨，我儿子已经去请杭州的苏通判，他可是有名的刚正不阿，廉洁奉公。只等杭州的公务一结束，他就会替我去京都告御状，到时候就是你们这些贪官的死期！”

是陈舜俞！苏轼激动得热泪盈眶，那白牛果然是有神通的！苏轼循着声音摸索着前行，不小心惊动了夜眠的乌鸦，一群乌鸦呱呱叫着飞了起来，立刻引起了贼人的警觉，只听脚步声纷至沓来，苏轼惊慌起来，不知道是该转身逃跑还是躲起来不动。就在这时，一道白影闪过，那头白牛从他眼前飞快地跑过。那些拿刀动枪的贼人这才放下心来，一边互相埋怨对方大惊小怪，一边回去继续审问陈舜俞。苏轼情知不能轻举妄动，自己要是陷身贼窟，就没人救陈舜俞了，于是等到贼人走远，这才悄悄回到岸边。那头白牛果然通人性，早已伏在水边等候。一人一牛回到了白牛村。

苏轼知道，现在去报官，官府明天也来不及赶来。他吩咐陈大公子立即集结全村青壮年男子，连夜划着小船，偷偷靠近江心墩。好在天从人愿，这一刻天空阴了下来，伸手不见五指，一干人摸到先前发出声音的地方。原来这墩上筑有不少坟墓，散落了十几座看坟人住的棚屋。他们在其中一间屋里找到了被绑缚的陈舜俞。他的嘴里堵着烂布片，见到了苏轼，激动之下立刻晕厥过去。

看守们见来人人多势众，哪敢动手反抗，被人们捆了，一起带回白牛村。

第二天一早，恢复了大半元气的陈舜俞立刻随同苏轼来到两浙路宣抚使衙门状告焦大成贪污纳贿，草菅人命，谋害朝廷隐士。焦大成急了，到处打通关系，居然拜到了宰相王安石。奸人以为王安石和陈舜俞有政见之别，肯定站在他们这一边。不料王安石为人正派耿直，最恨贪官污吏，下令严查，很快就把贪官焦大成和他的后台绳之以法，灾民也得到了很好的安置赈济。

这事儿过后，陈舜俞感谢苏轼来得及时，苏轼连声说那头白牛是首功，一定要找到它！可是所有人都说村里从来没见过什么白牛，陈舜俞也莫名其妙。苏轼把报信的白衣大汉和白牛带路二事一说，陈舜俞详细问了半天，连连击节赞叹说："是他，一定是他！"

就在几年前，陈舜俞的父亲离世，他在家丁忧守孝。这一天正是父亲的百日之祭，一家人携带祭品来到坟前，惊讶地看到坟墓被人动过了，仔细检查发现，棺材都被人掀开过，估计是盗墓贼打开棺材以后没发现任何财物，又把棺材原样封好了。

等回到家里，一家人又是大惊，家里的房门也被人撬开了，一定是贼人进来偷盗过！因为陈舜俞家中本没有什么贵重物品，自然也没丢失什么东西。不过令人不解的是，陈家虽然进了贼，所有物品都收拾得整整齐齐，不仔细看，都感觉不出被人翻过了。几个月后，一伙贼人被捉拿归案，原来是华亭的一伙大盗，为首的叫吴大，他一向只偷盗官府中人，颇有仗义疏财的侠义美名，后来他被判了绞刑。在等候行刑的时间里，吴大托狱卒带信要见陈舜俞。见到陈舜俞，他磕头说，几个月前他们去挖陈舜俞父亲的坟，心想这个京官名头不小，他们摩拳擦掌，想干一票大买卖，可是打开一看，居然只有粗布衣裤，没有任何值钱的随葬品。盗墓贼们破口大骂，说这么大的官居然对老爹如此抠门，可见不孝，于是决定去他家里再盗一把。眼线在陈家踩点几天后，确认他们一家要去拜祭亡父，家里没人，于是入室内盗窃，想不到陈家居然没有一点值钱的东西。

听到家里失窃案的缘由，陈舜俞心里五味杂陈。那吴大哭着叩头说道："我们倒是在大人家里翻到了很多受过您资助和恩惠的人的谢恩信。小人如雷轰顶，悔恨交加，吩咐手下不得动大人家里一草一木。后来您被罢官，家乡人传说是因为您家老大人的墓被刨过，才……您是一位清官啊，都怪小人挖了你的祖坟才害了你的前程，小人万死难辞其咎！现在小人即将伏法，只希望来生给大人当牛做马，以赎重罪！"

说到这，陈舜俞对苏轼说："那吴大的额头就有一片殷红如血的胎记，临死时身穿白衣。托梦给你的白衣大汉，看来就是他了!"苏轼恍然大悟,惊叫说:"那匹带我去找你的白牛,脑门上也有一撮深色的毛,敢情……白牛竟是他的化身?"

这事儿过后,苏轼经常在公务之余来陈家做客,二人的感情更加深厚。

那天一大早,陈舜俞起床打开大门,看见大门前卧着一头白牛,脑门中间是一撮深红色的毛。陈舜俞百感交集,伸手抚摸着白牛的额头,白牛的眼里含满泪水,似乎见到故人十分愧疚……

那以后,芙蓉镇的人们经常看见陈舜俞骑着白牛来去,从此他自号白牛居士。他的朋友遍天下,既有重臣名流,也有贩夫走卒,他两袖清风的美名也被朋友传扬得举世皆知。陈舜俞死后,那头和他形影不离的白牛据说一头潜入了村边湖泊之中,从此再也难见其踪影,后来,人们把那湖泊叫做白牛荡。陈舜俞归隐居住的村子慢慢被称为白牛村。

1076 年,陈舜俞在白牛村逝世,为了纪念他的高风亮节,当地名流提请朝廷恩准,将原来"芙蓉镇"的镇名改成为清风泾。后来也一度称为风泾,直到明朝末年,不知是何原因,正式定名为枫泾,一直沿用到如今。

陈舜俞去世后,苏轼扶柩痛哭,并为陈舜俞写下了情深意切的祭文。南宋大才子陆游说:苏轼一辈子为很多人写过祭文,只有悼念陈舜俞这一篇,最令人哀伤欲绝,感叹流涕。

海瑞罢官
事起枫泾

　　明万历年间，江南水利年久失修，加上连续阴雨，江湖泛滥，洪水成灾，大片良田连年绝收。为此，神宗皇帝特派为官清廉的海瑞为巡抚大使，到江南巡视灾情，监督兴修水利工程。

　　海大人刚到江南松江府衙，当晚未及安顿妥当，就有人在大堂前击鼓喊冤。海瑞赶紧整点好装束，升堂办案。只见一干乡人已跪在堂前。经审问得知，原来是来自枫泾一徐家的家丁。据堂前申诉，由于洪水泛滥，徐家化巨资在自家的良田四周修筑了防洪堰，原以为免遭了洪水之灾，不料，当地数个顽劣村民在一个名叫张风水的刁民的煽动下，青天白日，目无王法，疯狂地扒掉了徐家苦心修筑的防洪大堤，致使徐家三百多亩良田遭受了灭顶之灾。今日，得知海大人到任，徐家家丁立即登堂鸣冤，恳请海大人主持正义，严惩不法刁民。

其实，这徐家不是别人，正是当朝阁老徐阶。当海瑞弄清实情，不禁怒火中烧，心想本大人刚一上任，还未来得及巡视，当地刁民竟已闹出这等趁荒作乱之事，并且矛头直指当朝阁老，此等胆大妄为之刁民，不严惩那还了得。因此，当庭拍板，要徐家家丁放心，待明日亲自前去查清实情后，对为首之徒定当严厉惩处。

第二天一早，海瑞即在兵丁簇拥下，直奔枫泾。当来到事发之地，果真发现洪水滔天，大片良田淹没在水中。再一看该处地段，西边是三里多开阔的白牛荡，这白牛荡一头连接浩瀚太湖，到这里形成了一个椭圆形的断头湖，因太湖水位居高不下，涌入这白牛荡后没有泄洪的通道，这小小的白牛荡怎能承受这浩瀚太湖的滔滔洪水？一下淹没了下游上千顷良田。原来这下游的北岸确实修筑了一条坚固的防洪大堤，现在还留有被人毁坏的痕迹。堤内已变成汹涌急流直下的通道。

海瑞看到这里，确信徐家家丁所报属实，当即命人将为首刁民张风水捉拿归案，押赴松江府候审。

当天下午，海瑞端坐大堂升堂审问。不料，待张风水一说，海大人不禁面露难色。原来这张风水本是个通晓水文地理的风水先生，当地连年遭水灾，他心急如焚，经他察看，要消除水灾，唯一的方法是沿白牛荡开通一条直达出海口的通道，而要开这一条河，必将经过当朝阁老徐阶的三百亩良田。为此，他多次上呈，请求府衙开掘。但当朝阁老，权倾朝野，小小松江府怎敢轻举妄动？故一拖再拖。同时徐家凭着雄厚家财，用一条防洪堰确保了自己三百亩良田不受水灾，而对岸上千顷的良田由此连年淹没在洪水之中。在此情况下，张风水一怒之下，带领村民毁掉了徐家的防洪堤。

海瑞了解了此等实情，不禁为难起来，作为朝廷命官，弃小保大，为民造福本是天职，如果损失了三百亩地，保全了枫泾百姓上千顷粮田，那无疑是一种无可争议的好事，但这三百亩地是当朝阁老的粮田，他有职无权的小小巡抚，怎敢妄自定夺拍板？由此，他宣布暂将张风水收监，听候再审。

当晚，海瑞悄悄来到张风水面前，与他低声耳语了好一阵后回房休息。第二天一早，只见海瑞用囚车带着张风水，火速返回京城。

几天后，海瑞回到京城，直闯紫禁城叩见皇上。这时，皇上恰巧与徐阁老在下棋，听得海瑞求见，即传令召见。海瑞当着徐阶之面，将江南水灾情况粗粗地作了汇报后说："皇上，据臣所见，为免江南水灾，兴修水利实乃当务之急。"徐阶一听，心想据家中人报，自己家中为防水灾，每年也要花许多银两，故当即依附道："皇上，海大人之言极是。江南乃我朝粮仓，因连年水灾，歉收日盛，投入必要的银两财物，用于兴修水利工程，确是我朝富国强民之良策也。"神宗皇帝为此详细询问了兴修水利的方略、所需财物等后，同意拨专款兴修水利，以除水患。就在谈话行将结束时，海瑞突然双膝跪地，叩称道："启奏皇上，臣还有一项为难之事，请圣上定夺。"

"请讲。"神宗说。

"皇上，江南枫泾白牛荡水灾泛滥，淹及上千顷良田，只要开一条直通东海之河，水患即可解除。"

"那就立即开掘。"神宗答道。

"但要开掘疏流之道，必要毁掉三百多亩上等良田。"海瑞回答。

"毁掉三百亩，保全了上千亩，此等弃小保大之事，还有什么好议的，海爱卿，看你平时何等聪明，今日为何连这么简单的道理也算不清了？"神宗面露不悦地说。

"丢卒保车的道理，臣自明白，只不过这三百亩地的主人是……"海瑞吞吞吐吐欲言又止。

"怎么，这三百亩地是你家的，还是怎么了，朕以为就是皇亲国戚的田地，也一样要开，徐爱卿，你说是吗？"神宗回过头来问徐阶。

徐阶听皇上问他，当即应声道："对，对，不管是谁家的，弃小保大，为民造福，责无旁贷啊。"

海瑞听两人这样一说，大声答道："多谢皇上，多谢徐大人，我这就立即回去命人开掘。"海瑞说完，又叩了一个响头说："皇上，臣还有一个请求。"

神宗皇帝原来棋兴正浓，被海瑞一搅，本已心烦，现在见他还有事说，没好气地说："说吧，还有何事？"

"请皇上对徐阶徐大人进行嘉奖，徐大人心中只有百姓，为了百姓，甘愿牺牲自家利益，实乃可敬，应当予以赏赐。"

"此话怎讲？"神宗不解地问。

"因为这三百亩地就是徐大人家的，让我代枫泾的百姓谢谢徐大人，徐大人不愧为当朝阁老，朝廷栋梁，臣等楷模，爱民之心可敬可佩啊！"

至此，徐阶方才得知海瑞的真正用意，但事已至此，尽管心有不愿，但也只能打落门牙往肚中咽了。

后来，海瑞又将张风水的事向皇上说了一遍，并说："张风水以下犯上，定当治罪，但念他对治理水灾献计献策有功，功过相抵，请皇上网开一面，不予追究。"皇上见他说得在理，手一挥答应道："好，好，一切由你处置吧。"

此后，海瑞带着张风水火速回到枫泾，组织人力，在徐阶三百亩田中，开掘了一条疏水河流。从此，枫泾的上千顷良田免除了水灾。

事情到此几乎已经结束，但吃了亏的徐阶怎肯罢休，几个月后，徐阶编织了一个莫须有的罪名，在皇上面前诬告陷害，昏庸的神宗皇帝轻信馋言,将海瑞罢了官。不久,海瑞含恨去世。

消息传到枫泾,当地老百姓悲痛万分,为了纪念海大人的恩典,由张风水牵头,当地百姓就在海大人组织开掘的河道旁,建造了一座海介公祠,以志纪念。后来,当地人每到农历8月18日海瑞诞生之日,均要到海介公祠祭奠。

离奇面杖港

在枫泾镇的南端，有一条东西走向的河流，它一头连接兴塔镇，一头直达浙江嘉善城东。这条三四十米开阔的河流，初看看并无特别之处，但在当地却流传着一段离奇的故事。

相传在明末清初年间，在枫泾和兴塔的交界处，有一家姓吴的大户人家。这吴家不但拥有良田千顷，家财万贯，而且上通官场，下结匪盗，要财有财，要势有势，是堪称独霸一方的恶霸财主。这吴财主不但自己横行乡里，生个儿子更是吃喝嫖赌无恶不作，因此，方圆百里只要一提起吴家，人人都惧怕三分。

一日，这吴家花花公子到嘉善城里闲逛，听人说，城里有一个开钱庄的钱老板家有一位妙龄小姐，不但琴棋书画件件精通，生得更是如花似玉，美若天仙，于是萌生了要娶钱小姐为妻的念头。

吴财主本来就对儿子整天浪荡颇有微词，现在见儿子提出要成家，正中下怀，当即请来媒婆上钱家提亲。

钱老板本是本分人，现在见吴家来提亲，心中暗暗叫苦。这吴家的名声他是早有耳闻的，要把独养女儿嫁给吴家他实在心有不愿，但他深知这吴家不好惹，如果得罪了吴家肯定没有太平日子过，怎么办呢？他想，如果一口回绝肯定不行，只能想办法搪塞。于是，想了一想，对媒婆说："吴公子能够看上我家小女，实是小女的福气。我钱家能攀上吴家这样的大户，真是三生有幸啊，不过，我有一个小小的要求。"

媒婆一听这话，心想，吴家是何等人家，不要讲一个要求，就是十个百个也不在话下。

钱老板说道："我们嘉善到你们枫泾路途不下二十里，来去都有不便，如果让吴家开一条河，从吴家直通到我家门口，今后来往就方便多了。如果吴家能做到这一点，我们就结为亲家。"

媒婆回去一说，吴财主心想，虽说要求高了点，但也正好借此机会扬扬我吴家的威风，于是手一挥说："开！"

第二天，他就指使家丁强征民工，昼夜动工开掘，不到百天时间，一条三四十米开阔的河流就开通了。

钱老板原来以为能难住吴家,想不到吴财主竟真的办到了,一时也傻了眼,但他毕竟也是跑过三江六码头的老板,所以,眉头一皱,又想出了一计,对媒婆说:"小女长期住在镇里的走马堂楼上,难以适应乡下的农家瓦房,只要吴家再造一个全木结构的堂楼,也好让小女安心生活。"

吴财主一听,心想连河也开成了,造一个小小的堂楼有何难。所以对媒婆说:"你马上传信钱家,我这就造。"

不想媒婆说,钱家对这堂楼有个要求,说是所用的木材要把你新开的港面都余满,也就是说这木排要从吴家一直排到嘉善钱家。

吴财主一听想,这港少说也有二十里,这要多少木材啊?但转而一想,这房子造在吴家,反正也是吴家的财产,积钱和造房还不是一个样,所以一咬牙,还是答应了下来。

第二天,他就差人到山上采购上等木材,不多几日,一排排的木排撑到了新开的港中,头尾相接,终于从吴家连到了钱家。随后,东请工匠西征民工,用了整整一年时间,终于用这满港的木排建成了一座恢宏浩大的走马堂楼。

但是,当媒婆第三次从钱家回来,仍然紧锁眉头说:"吴老爷,钱老板说了事不过三,前面两个条件你都做到了,他说还有最后一个条件,只要这个条件做到了,他说要亲自送小姐上门。"

吴财主一听忙问："什么条件？"媒婆说："钱老板怕你前面的开河造房把家产都花完了，怕小姐嫁过来吃苦，如果你用白米堆成米山，直到让小姐在嘉善堂楼上看得到，他才放心把小姐嫁过来。"

这时，吴公子在旁一听，不禁火冒三丈。他想，我吴家何时受过别人如此戏弄？所以，眼一瞪说："算了，这钱家也太不识抬举了，我这就叫上阿三阿四这帮家丁，把这贱人给我抢过来算了。"

此时，吴财主虽然也心中发怒，但转而一想后，一把按住了儿子。他想，抢过来固然很容易，但前面做的两件事岂不白做了一场？再说，吴家可是赫赫有名的大户，讨媳妇讲抢，这脸面上总不太光彩。所以转身对媒婆说："你这就去告诉钱家，这米山我马上就开始堆，如果堆好后，他还要推三托四，别怪我翻脸不认人。"说完，立即着手准备起来。

第二天，吴家空旷的大场上煞是闹猛。吴家打开所有的粮仓，把一担担白米汇集到席条围成的圈屯内，只见席条一圈圈地往上圈，米山一点一点地增高。为了防止米山塌落，又命人牵来一条大水牛，拖个石轳辘一圈一圈地压结实。这样，经过整整七天七夜的堆积，这米山已高高耸立在半空。

就在吴家清空了所有粮仓时，米山顶上的家丁传下话来说，已经看到了嘉善城，吴家花花公子一听，急忙爬上米顶，一看，

鲤奔西枕港

丁酉年春 杨之光画

果真嘉善城看得清清楚楚，他仔细一找，终于找到了钱家小姐的堂楼，似乎还隐隐约约看到小姐就在窗前张望。看来大功总算告成了。

就在人们准备爬下米山时，才发觉用来踩实米山的这条大水牛怎么也无法牵下去。吴公子一想，当即命人递上一把刀来，就在这上面杀了这牛。可是，谁想到，一刀下去，意想不到的事突然发生了，只见一道血光直冲云霄，顷刻，满天乌云翻滚，雷声大作，倾盆大雨像决堤的洪水，直泻而下。那米山经不住狂风暴雨的冲击，忽然"哗啦"一声，塌了下来。可怜吴家的公子一头栽了下来，新郎未做成，倒先见了阎王。那千万石大米，顺着暴雨倾泻到了河中，把那新开的河道也给堵塞了。

后来，人们就把这条河流叫做米塞港，久而久之，又把米塞港叫成了面杖港。

现在，这条港仍然江水奔流。据说，无意之中有时还能在江边摸到一两把白米。

徐阶梦断徐角佬

　　明朝嘉靖年间，有个与臭名昭著的奸臣严嵩齐名的丞相叫徐阶，据说，老家就在枫泾镇南三公里左右的新华村。关于他的传闻逸事，当地老人到现在还津津乐道。

　　相传，当时松江府华亭县有个徐知县，与大夫人生了一个儿子，名叫徐阶。这徐阶从小天资不凡，过目成诵，所以知县夫妻对他寄予厚望。不久后，知县的小妾蓝娘也生了一个儿子，因为父亲宠爱美妾，自然对幼子更加疼爱。

　　小徐阶六岁这一年，徐知县聘了城内曹门坊的郑秀才为塾师，给儿子启蒙授业，塾馆就在县前城隍庙南侧迎恩门外三元宫。

　　这一天，徐夫人坐着小轿回枫泾看望父母。很久没回来了，亲人相见舍不得散去，一直到了太阳西斜，才依依不舍地分开。徐夫人乘的小轿来到城隍庙附近时，忽然看见路边坐着几个形貌奇异的老人，一个个唉声叹气，愁眉不展，口口声声要去见官评理。徐夫人是个贤德之人，见到这个情景忍不住下了轿子，问这些老人是怎么回事。

一个带头的老人叹气说道："我们年纪大了，在这个地方已经居住了数十年。现在有个贵人每天都从我们门前三次往返经过，每一次我们都要站起来恭迎示敬。长此以往，我们这老胳膊老腿实在吃不消啊！请夫人帮我们评评这个理！"

徐夫人一听，暗暗吃惊，这县城内的人她都知道，就算是自己的夫君徐知县，也没有这么作威作福的，是什么人居然如此专横跋扈？

徐夫人连忙问是什么人，那老者迟疑半晌，说出一人名字："不是别人，就是那知县的公子徐阶啊！他每天从县衙去三元宫读书须经城隍庙门口。春来夏去，每日三趟往返于这条路上。公子远远过来，我们就得起立恭迎，他走没影子了，我们才能休息，太累了！"这一下，徐夫人如雷击顶，大惊失色，儿子才六岁半，从小温良恭让，天真可爱，怎么会干出这样的事来？

徐夫人慌忙说："实不相瞒，这逆子就是我的儿子。他居然敢这样无理，我先替犬子道个不是，等我回家去好好教育他来!"

不料那老者却说:"夫人,这事儿也怪不得令公子。只因他是天界文曲星下凡,再过几年就要高中探花郎,未来将官居一品,位极人臣。现在文曲星宿每天几次往返经过我们门口,我们必须起身示敬,其实徐公子并不知道。我们只怕这样天长日久,实在太累了,看看夫人能不能让令公子改走其他路?"

徐夫人越听越糊涂,不由得低头沉吟,等到她抬起头来时,又是一惊,那几个老者居然全都不见了!

徐夫人一抬头,眼前正是城隍庙,她忽然心里一动,走进城隍庙大殿一看,见城隍老爷和身边侍立的下属的脸相,和刚才自己看见的几个老者一模一样,于是恍然大悟,急忙跪倒拜了三拜。

徐夫人回家后和徐知县一说,徐知县吓了一大跳,虽然吃不准真假,但见夫人说得煞有介事,倒也不敢不信,赶紧让衙役们想法在城隍庙后城墙脚开出一条小道,让徐阶以后上学都改走这条小路了。

渐渐的,县衙内外都知道了这件事,都当成奇事传播,全城人都知道徐知县的大公子是文曲星转世。只有蓝娘心中不满,认定是大夫人编出来的谎言欺骗世人的。她几次三番跟徐知县吹枕边风进谗言,一来二去,徐知县也半信半疑起来。蓝娘又打起了坏主意。

这一天傍晚，小徐阶独自在后花园玩耍，蓝娘靠近了他，见园里只有他们两人，蓝娘突然指着一口枯井说："啊呀，井里有个宝贝！"徐阶远远看了一眼，自顾玩耍，没有过来。蓝娘眼珠一转又有了主意，她招手喊徐阶过来，故意惊慌地说自己的发簪不见了，自己眼神不好，让徐阶帮她看看，是不是掉进枯井了。徐阶心里狐疑，小心地靠近枯井，正在迟疑着要不要伸头去井口看，蓝娘已经迫不及待地把他推进井里。

大少爷无故失踪，家里可慌了神，到处寻找均找不到人，徐夫人哭得死去活来。忽然，有仆人说枯井里有声音，众人走近一听，井里果然传出一个清亮的童声："多谢井龙王送我出宫，回见。"徐知县大喜，急忙让仆人把绳子的一头丢进枯井，果然，把徐阶从井里拉了上来。母亲一把抱住徐阶，问他怎么会掉进井里的？徐阶若无其事地说："刚才我看见井里有一道奇光，以为井里有宝贝，一时好奇就爬了下去。不想竟然被井龙王接进宫中，说我是上届文曲星转世，日后状元及第，大有作为，高寿八十岁再回天庭。还赐我喝了三杯仙酒。"

这番话印证了之前徐夫人的说辞，徐知县更加信实。那蓝娘吓得脸都蓝了，幸亏徐阶不拆穿她。看来果然是大人海量，神仙护佑，自此蓝娘小心伺候徐阶母子，再也不敢生出异心。徐知县从此开始坚信不疑，认定大儿子未来的前途不可限量，对母子俩自然更加看重。

徐阶20岁那年高中进士第三名，进了翰林院，后来一路高升，当上礼部尚书，可是当时严嵩把持朝政，权倾朝野，对于不是自己一党的徐阶百般排斥陷害，一心置他于死地。徐阶对严嵩父子特别恭谨，一直以子侄辈的态度谦逊地相待严嵩，天长日久，他始终如一，严嵩认为徐阶并无二心，也就放松了警惕。当时正直人士都称徐阶为"甘草阁老"，就是说甘草中正平和，但是味道太甜，药效过慢，讥讽徐阶是老好人，没有决断力。

直到嘉靖四十一年，得知嘉靖帝对严嵩父子的不法行为已有所闻，于是徐阶开始暗中策划。

这一天，嘉靖皇帝和道士一起扶乩。最近朝政乱象丛生，民怨沸腾，嘉靖皇帝请问上天，这是为什么？那道士的手在乩盘之上的沙子上飞速划动，最后现出四个字迹：嫉贤重奸。嘉靖皇帝又问：谁为贤者？谁是奸臣？良久良久，乩盘上显现字迹：恶者严嵩，贤者徐阶。

嘉靖皇帝以手扶额，叹息道，唉，连天都这样说啊！他哪知道，这都是徐阶的策划。

第二天早朝，徐阶借着皇帝还沉浸在"天象"的疑惑中没缓过神来之机，串通御史邹应龙参劾严嵩父子，终于扳倒了严嵩这个祸国殃民的权奸，徐阶从此就取代了他的地位。到穆宗时期，成为首辅阁老。从此，他的秉性也焕然一新，大力革除严嵩弊政，十分注重选拔贤才，还勤于政事，秉烛达旦也要完成皇上交给的任务。同时，他还经常劝说皇帝停止动不动捕杀边镇大臣的做法，又指挥明军抵挡蒙古骑兵南下立下了大功，成了大明朝的中流砥柱。

不料由于明隆庆皇帝行为荒诞不经，徐阶经常劝阻他，隆庆皇帝十分厌烦。正好给事中张齐因为私人恩怨弹劾徐阶，隆庆皇帝正中下怀，于是要将他充军发配，说是念在他年老有功，让他自选发配的地方。

徐阶在朝廷五十多年，对皇帝的心思是一清二楚，他知道皇上才不会真的让他自己选呢，他是担心徐阶在朝那么多年，累积的势力太大，怕他真的到了自己的势力地盘，万一勾结百官，犯上作乱就麻烦了。于是徐阶叩头说道："万岁，臣告老还乡，哪都去得，只有三个地方绝对不去，还请万岁恩准。"

隆庆皇帝一听，就三个地方你不去，我倒要听听。

"万岁，臣所说的那三个地方是，野猫洞不去，杨家庵白果树不去，网埭张家浜不去。"其实，徐阶的家乡就是在那三个地方的中心。他是揣摩透了皇上的心思，皇帝对他十分怀疑，徐阶不去的，皇上必要他去。果然，皇帝中了他的计，冷笑着心里嘀咕：你选择不去是吧，我非要把你发配到那个地方去，让你孤立无援，自生自灭。于是皇帝下令，把废相徐阶，发配到网埭张家浜。念在徐家子孙众多，允他到了那地方后可广盖房屋，自行居住。就这样，徐阶运用自己的聪明才智，顺利地回到了自己的家乡。

因为皇帝有旨，徐阶可以广盖房屋，所以徐阶回乡后先后造了9999间半的房屋，因他知道，那"万"字是皇家的专利，他的房屋数量是绝对不能达到万间的。后来，又广置田产，成了富甲一方的大户。由于家大业大，奴仆众多，难免会有几个恶奴刁仆在乡里横行，为非作歹，人们把这笔账都算到了徐阶头上，于是一张状纸告到了应天巡抚海瑞府上。皇帝得知后勃然大怒，先把徐阶的两个儿子捉拿进京，又抄没了徐家的大部分家产。

徐阶本想利用自己在朝中的故旧门生，营救儿子，却得到消息说，皇帝早就打算痛下杀手了，只怕下一个就是要把他也捉拿进京了。

徐阶得信后为了免遭羞辱，决定在自己家乡了结性命。在临死之前，他再次来到枫泾镇的城隍庙，再拜一次佛，见一见曾经识他前程的城隍老爷们。

这一天外面淅淅沥沥下着小雨，徐阶拄着拐棍走进城隍庙，大殿之上空无一人。他跪在城隍前祷告了很久，不知是城隍老爷有意为之，还是年已八十的徐阶人老体弱，不知不觉竟伏倒在座前睡了过去。

睡梦中，徐阶仿佛看见城隍在对着自己微笑。徐阶叹口气说："城隍，我这一生荣华富贵也享尽了，也遭遇过很多磨难。人生如戏，全凭演技，戏演到今日，我也累了。现在我就要死了，这一生有功有过，不知道功过能不能相抵，还请仙道明示。"

那城隍微笑道："徐阁老不必如此悲观，但做好事，莫问前程。"徐阶一下惊醒了，似乎领悟到了什么。

徐阶回家后，打消了投井而死的念头。此时正好江南洪涝成灾，许多灾民涌到了枫泾。徐阶打开粮仓，散掉钱财，自己这9999间半的房屋，也任由灾民居住。几个月后，京城传来消息，他的两个儿子被充军发配，但都性命无忧。皇帝念在徐阶过去的功劳，也不忍追究他"教育无方"之罪，不久后，徐阶八十寿辰，皇帝竟还派人慰问，赐了玺书金帛。

第二年徐阶病故，留下遗言，告诫家人们一定要多做善事，不要贪婪。

几百年过去，显赫一时的徐阶一家，也不知什么原因，慢慢败落了下来，他那9999间半的房，也随着家族的败落渐渐房倒屋塌。但是，他晚年居住过的村子还在。现在在枫泾镇新华村23组，有个小的自然村叫徐角佬，据说就是徐阁老（宰相）的别音，至今还有十来家徐姓居民，据传都是徐阶的后人。这徐角佬村四周有三百多亩地，每块田地都高低不平，其地下不足一尺都是碎石乱砖。老人说，这里就是当初徐阶那9999间半房屋留下来的遗迹。

伍子胥遇难千金塘

在枫泾镇西北方向，有一条几十丈宽的河流，原名叫伏虎塘，后来这里发生了一则凄美的故事，人们到现在都叫它千泾塘。

春秋战国时候，楚国国土面积很大，是春秋时期毫无争议的五霸之一。公元前527年，楚平王做出了一件混账透顶的事，听信了大臣费无忌的教唆纵容，强娶了准儿媳——太子熊建的未婚妻，并以篡逆为由要把太子杀了。太子闻讯只能亡命出逃，流亡异地。楚平王抓不到太子，就杀死了太子的老师伍奢和他的儿子伍尚，还派人追杀伍奢的小儿子伍子胥。

那伍子胥一路策马奔逃，楚平王派下大队人马紧紧追赶，一追一逃，伍子胥就逃到了枫泾镇的伏虎塘。眼见一条白浪滔天的大河拦住去路，两边没有桥，茫茫的河面上也无渡船。面对身后越来越近的追兵，伍子胥仰天长叹一声："天啊，难道这里就是我伍子胥毙命之地吗？"声音刚落，突然从芦苇荡中摇出一条小船，船娘是一位身穿红衣的少妇。伍子胥一阵狂喜，急忙招手喊道："船家，船家！快来渡我过河，我多给你钱！"

船到河边，少妇招呼伍子胥上了船，然后掉头就摇。楚军追到江边，见伍子胥乘船而去，便命弓箭手放箭，一时间万箭齐发，羽箭飞蝗一般射了过来，少妇高喊一声："跳水！"伍子胥一愣神，他不会游泳啊！这么一瞬间，他的肩上已经中了两支箭，剧痛之下，也来不及考虑，一翻身跌入了河里。他一连呛了几口水，脑袋有点晕乎乎的时候，觉得腰上一紧，一只手紧紧抓住了自己，向对岸游去。

伍子胥的意识逐渐模糊起来，隐约听见岸上楚军的疯狂喊叫。那少妇的水性特别好，力气也很大，托着一个大男人，还是游得飞鱼一样快，很快就逃离了楚军的射程，不一会两人上了岸。伍子胥心里一宽，昏了过去。

等他醒来的时候，见自己躺在一间小屋的床上。屋子里的装饰十分简单，却很干净，自己肩上的伤已经包扎好了。

门响了，一个红衣少妇走了进来，手里的托盘上盛着一碗粥，两碟小菜。刚才情况危急，伍子胥都没细看自己的救命恩人长什么样，此刻仔细打量一下，竟然是个明眸皓齿的美女。

伍子胥下意识地要翻身拜谢，刚一动就觉得伤口疼得喘不过气。那少妇急忙放下托盘，嗔怪地说："公子伤得这么重，又浸了水，可不能这么乱动呀。好好躺着，虽然伤得不轻，但我已经给你上了祖传的红伤药，估计有十几天就能康复了。"说完抬头看看外面，小声说："你现在还不能出去，我刚才上街，看到有许多生面孔在街上打听你这样装束的陌生人，说的话都不是我们本地口音，我猜是追杀你的那伙人。"

伍子胥一听，对少妇充满了感激。他想，现在少妇对自己的来历一无所知，可是他哪能瞒着救命恩人呢？于是把身世经历和盘托出。少妇同情地说："我本来只是觉得救人一命胜造七级浮屠，刚才情势那么危急，我不出手你肯定难逃一劫，所以才不及细想，舍身相救。现在听公子这样一说，居然身负血海深仇，确实值得我费这一番功夫。"

这时，外面传来推门声，一个男人大呼小叫地嚷嚷着："娘子，家里有客来了，请出来我见见啊！"伍子胥脸色骤变，少妇急忙摆摆手，说那是她男人，一边让伍子胥自行喝粥，自己推开门走了出去。门外传来小声嘀咕，想来是少妇在和男人交代自己的来历，不知道这是个什么样的男人，会不会和红衣少妇一样急公好义？

就在伍子胥胡思乱想时，却听外面传来男人粗声大嗓地嚷嚷："外头这么多人在四处捉他，说他是个杀人不眨眼的江洋大盗！你倒好，一个女人家，却不问就里，把一个不知来路的陌生男人带到家里来，我看你是在找死呀！"伍子胥听了，心想人家说的可在情理上，如果自己留在他们家中，就不定真的会给他们带来杀身之祸。于是强忍着伤痛爬了起来，从旁边的窗子翻了出去，踉踉跄跄地往外走去。原来这座小屋就在河边，屋后就是密密层层的芦苇荡。

伍子胥捂着肩膀，走了没有多远，只觉得头晕眼花四肢无力，就在他两眼发花摇摇欲坠的时候，身后传来轻快的脚步声，他一把抓住宝剑，那人已几步赶上来，小声说："公子是我，你跟我来！"来人竟就是那个红衣少妇，她抓住伍子胥的衣袖，带着他走进芦苇荡中，带到了一条木船之上，她让伍子胥放心在船上休息，又不好意思地说："公子，我男人是个粗人，但他不是坏人，只是在家里确实不太方便，委屈你就在这里养伤吧，我会经常过来看你的。"伍子胥连连点头，少妇又给了他一些药物，才上岸回去了。

河边的芦苇有一人多高，还有大片的莲花，也正在盛开。那条小船隐在芦苇丛中，外面根本看不到踪迹。伍子胥在船舱里住了十来天，每天那少妇都会过来给他送饭换药，伤口已好了许多。这天夜里，他想，明天天一亮，自己就可以离开这里了，日后但有发达之时，一定要好好报答这位夫人。他迷迷糊糊刚要睡着，听见有人跳上了小船，来人似乎身体很沉，伍子胥断定不是那个少妇。他警觉地翻身起来，先抓住了宝剑，果然，来的是一个络腮胡子的汉子。伍子胥"仓啷"一声拔出宝剑，剑刃在月光下闪着寒光。男子咧嘴一笑，拿出一个纸包，说："你别怕，我不是坏人。我娘子突发疾病，不便前来，特打发我来给你送药的。"伍子胥是经历过大灾大难的人，看到来人眼神飘忽不定，临走又东张西望看个不停，心里那种不安的感觉越来越重，怎么都睡不着。为了预防万一，他悄悄爬起来，跳下小船，躲到了芦苇丛中。他静静地趴在一角，希望自己的猜测是多余的。

过了一会儿，远处传来了一片"哒哒哒"的马蹄声，伍子胥一听不好，赶紧悄悄地下到水中，用早已准备好的芦苇和莲叶把头顶遮盖得严严实实，嘴巴中含了一根早打通了节的芦苇，整个人都潜入了水中。

此时，马蹄声由远而近来到了木船周围，几个操着楚国口音的男人，一边骂骂咧咧，一边跳上了木船，他们在船舱里搜了半天，却一无所获。这时，只听一个楚国口音的人扯着嗓子说："你说他就藏在船上，人呢？你他妈假传消息，害军爷们半夜白跑一趟，我杀了你！"这时，听见一个女人声音大声说道："我男人没骗人，那公子的确一直在这住着，不过他今晚二更时分已经走了，我男人不知道实情。你们放了他吧。"原来是那红衣少妇的声音。突然听见那女人一声惊呼，喊着："你们不要杀他！"随即又传来她的一声惨叫，似乎有刀剑砍杀在她的身上。紧接着又是一声男人的惨叫，听声音是那少妇的男人。

一个楚国口音的人骂道："你男人出卖了你，你还扑在他身上救他？女人真傻！"另一个声音说："我们还是四处查查吧，或许伍子胥就藏在附近。"一会儿，到处是稀里哗啦的声响，好长时间，才听得马蹄声又渐渐远去了。

伍子胥感觉岸上安静下来了，这才慢慢从水里爬上来，他一眼看到那个救命恩人红衣少妇，被粗大的绳索捆绑着，浑身是血地扑倒在他男人身上。伍子胥要紧一把抱起她，连声喊道："夫人，夫人，你醒醒呀"。那女子缓缓睁开双眼，断断续续地说："我男人……胆小贪财，偷偷跟踪我，找到了这里，就……就去……他终究是我夫君，你别怪他……"伍子胥连连点头，急切地说道："夫人，你姓甚名谁，请告知伍子胥，倘若伍子胥日后能有出头之日，一定给夫人立个牌位，终生供奉。""我叫千金……"少妇说完就咽了气。

后来，伍子胥辗转逃到吴国，把全部计谋都奉献给了吴国，还到处给吴王发掘人才，成了吴国的有功之臣。

在他功成名就后，伍子胥专门带了几位道人来到伏虎塘，在当时少妇被杀之地的河边，高诵经文三天三夜，又命人浇铸了一块重达千斤的金砖，自己亲自把少妇如何救助他的故事撰写下来，请人把这一故事雕刻在金砖之上，沉入了河中，以作悼念和感谢。其后，又将"伏虎塘"改名为"千金塘"，亲书千金塘三字，连同他写的"千金救胥"的故事，一同镌刻在石碑上，立在了河边。

之后，金砖入河的消息不胫而走，方圆百里想发财的人纷纷来淘金，但至今没有人捞到。而那个镌刻着伍子胥亲笔手书的"千金塘"三个大字和"千金救胥"的故事的石碑，由于战乱，也早已不复存在。但那一段凄婉的故事伴着千金塘这河名，一直流传到如今，只不过不知是方言的关系还是文人书写的错讹，把原本的千金塘传成了现在的千泾塘。

吴百万绝户之谜

相传很久以前，新义村有个叫吴廷玉的人，年轻时在外闯荡，几年之内居然暴富，积蓄了百万家财，方圆百里的人们都叫他吴百万。

那年，吴百万看到原来的老宅已难以容纳日益增多的家眷，决定寻找一块风水宝地扩建住宅。为此，他每天带着大儿子四处选址，想找一处风水好又够格局的宅基地，可一连忙了多天，没有一块地能中他的意。

正在他愁肠百结之时，一个身穿道袍的年轻人找上门来，他自我介绍说叫石泽兵，因为懂风水之术，特来帮他挑选一处能助吴家飞黄腾达的好房址。这真叫瞌睡碰着枕头。吴百万满心欢喜，立即跟着石泽兵外出选址。

两人出了门，七转八弯在村里转了一大圈，最后来到村东头一片地方，石泽兵伸手一指说："就是这块风水宝地。我精细丈量过，这块地四亩八分，正适合盖座大宅院。"

满怀希望的吴百万一看是这地，一下泄了气。

原来，这石泽兵相中的所谓风水宝地，竟是一块没主的荒地。这地表面长满了一人多高的杂草，草丛里蛰伏着许许多多大大小小的蛇，村里人一般都不敢靠近这里。更怪的是，以前有人曾在这里开垦种树，可不论什么树种，没一棵能成活的，从此一直荒芜在这里，从来没人能看上眼。

吴百万见这风水先生选择这块地，拉长脸说："先生你这是开玩笑吧，这荒芜杂乱之地怎能作为我吴家的宅基?"

只见石泽兵哈哈一笑说："吴老爷多虑了。这块地表面上看起来荒芜杂乱，但其实暗藏精妙无比的玄机。您先看这块地的方位，东南向有水，主要是流动的钱财运，水流不绝则财运不绝。但更为精妙的是，新义村四周河道纵横，从高处看，河道相连，隐约蜿蜒成一条龙形。而这块地正处在龙心口处。恕我妄言，住在这块宅基地上的贵人，怕是要有崩天裂地之数！至于所有树木无法在此生长，更为玄妙，你可知道，那紫禁城内也是没树啊。而那些蛇虫么，实有暗示，我只能言及于此，其他的你自行分辨吧。"

石泽兵此番话，不啻在吴百万耳边炸响一阵阵惊雷。他急

吴百万绝户之谜
丁酉春四淮上
杨立青画

忙止住石泽兵的话头，摸出一锭银子，塞进了石泽兵的袖口，又深深地拜了几拜。

几天后，吴家开始筹措在那块荒地建宅院了。第一件事当然是清理杂草蛇虫。可杂草好清，蛇虫难除。胆大心狠的吴家大公子提议用火烧。吴百万有点犹豫，石泽兵在一旁低声说："老爷忘了汉高祖斩白蛇起义吗？汉高祖做得，令公子就做不得？"吴百万的眼里掠过一丝奇异的光芒，狠狠点了点头。

吴大公子当即带人在荒地放火，怕火势不旺，还泼洒了不少油。熊熊大火整整烧了一天一夜，宅基地上只剩下一片灰烬。傍晚一阵大风吹来，灰烬四处乱飞，露出了一大片焦黑的地面。吴百万捻须长笑，吩咐下人传令给工匠，明日选个良辰吉时，开工！

第二天，吃过开工酒，放过鞭炮，大公子带着工匠开始打地基。因为土质坚硬，地基打得异常艰苦，但在吴公子的催促下，终于打好地基，几月后，一幢气势恢宏的大宅院得以建成。

那是一幢五进的大宅院，雕梁画栋，美轮美奂。因为宅基上无法种植树木，吴百万重金购买了很多花木盆栽，各处摆放，妆点得花团锦簇，暗香袭人。

全家人乔迁进新居后没多久，吴大公子就得了一场病，他的脸无故肿了起来。开始还以为是普通的疖子脓包，请医调治不但不见起色，反而越长越大，竟至溃烂。吴百万才慌了起来。

原来他听了石泽兵的推算后野心勃勃，对这文武全才的大公子寄予了泼天厚望。现在得了这病，只能不惜花费重金，到处请名医诊治，可钱像流水一样花出去，大公子的病不但没见好转，到后来整张脸像有虫子在啃噬一样，一点点被啃光了鼻子、眼睛、嘴唇，整个吴宅再也嗅不到花香，满宅院都是药味和大公子伤处的臭味。没多久，大公子就魂飞魄散，一命呜呼了。

见自己给予万般期望的大儿子离奇死去，吴百万急火攻心大病了一场。好在他还有一个小儿子也算聪明，他把全部希望寄托在了他的身上。他请名师教他读书习武。这二公子似乎比大公子更勤奋，让吴百万又有了盼头。可令人意想不到的是，不久，那二公子竟也生起了疥疮，先是大腿上一大块，慢慢地蔓延到全身流脓，最后也久治不愈一命归西。

此后的吴家大宅到处弥漫着阴森森的气息，吴百万不知听从了哪位高人的指点，闭门谢客整天诵经念佛，可任凭他再怎样求神弄鬼，吴家还是不能摆脱厄运的缠绕，不到两年时间，吴家十多口一个一个地死于离奇古怪的疾病之中。只剩下吴百万一个残烛之人。

这一天，吴百万拄拐走出卧房的门，恍惚间看见大儿子在庭院里练武，小儿子在背书，夫人在读经，小妾在绣花。他心里狂跳，使劲儿揉揉眼，他们又都不见了。

难道，我也命不久长了吗？

吴百万对着天空发出悲鸣："老天爷，我和你究竟什么仇什么恨，你要这样对我？"

一个声音从身后响起："被你无辜杀死的那些人，他们又和你有什么仇什么恨，凭什么惨死在你手上？"

吴百万大惊失色，一回头，看见了一张熟悉的脸，正是他到处都找不到的石泽兵。

"你？是你？你是什么人？这一切……都是你在捣鬼？"

石泽兵哈哈狂笑："对，是我！我是什么人？我是15年前全家被你淹死在太湖的石大富一家仅存的小儿子！你不记得他们了吧？你当初到处打家劫财，害死了多少人，怎么会记得我们这一家呀。"

原来，吴百万年轻时专干杀人越货的勾当，不知害了多少人命。现在是仇家找上门来报仇了。

此时，只听石泽兵一字一顿地说："你现在很想知道你一家人为什么一个一个都死了的原因吧，我告诉你，都是这阴宅在起作用。我极力推荐的这块宅基地本是一座乱坟古墓。你想，这墓地连树也不能生长，你吴家生活在这上面能有好果子吃？"

吴百万心中大惊。古墓？古墓之上为什么不能长树？

"贵族在下葬时都会使用木炭、白膏泥、石灰混杂的三合土，由下向上，由里及外，逐层覆盖、回填、夯实。此土能让土壤板结，水分含量极低。古人还喜欢大量陪葬朱砂等金石之物，年深日久，金石的毒素会挥散到地表，哪能长得出树？你想，你全家住在墓地之上，大儿子中毒有什么奇怪？你又在我的蛊惑下烧死了数以万计的蛇虫，这一烧相当于给埋在地下的毒素加温，加速这些毒素的挥发，你一家人整天生活在这个毒气笼罩的阴宅中，当然会一个接一个地中毒生病，不死人才怪呢。等着吧，没多久，你就会和全家人团聚了！"

吴百万听到这里，只见他仰天一声悲怆，"自作孽，不可活啊"，一头栽了下去。

可怜显赫一时的吴百万，就这样宅基大翻身。

现在，吴百万的大宅早已经不复存在，但那四亩八分之地，仍然不长一棵树，或许这下面真是一个古墓也说不准。如果考古家有幸，有个考古上的重大发现也不是不可能。

《白蛇传》的前半生

　　《白蛇传》里白娘娘的故事，相信大家都知道，但是，你是不是知道，白娘娘与许仙前半生的故事呢？且听我讲来。

　　从前，西湖边上有一户大户人家，生活富裕，乐善好施，他们家里有一个小公子叫许宣，生得唇红齿白，聪明伶俐，心地也非常善良。

　　一天，许宣下了学去外面玩耍，突然听到"呼呼"的声音，他循声望去，看到一棵大树旁有一只硕大的蟾蜍，正在"呼呼"地喘着气，突然它张大嘴巴，要吞噬掉在它面前的一条浑身雪白的小蛇。那小蛇浑身雪白，身上有几处伤痕，正对着大蟾蜍簌簌发抖，露出十分恐惧样子。听到了许宣的脚步声，小蛇转过头看着许宣，头连着点了几点，眼神似乎在哀求许宣快来救救它。许宣赶紧跑过去，用竹竿驱赶开大蟾蜍。那大蟾蜍回头看看他，眼神里射出狠毒的光，却不敢和人作对，丢下那条伤痕累累的小白蛇，落荒而逃了。

这条小白蛇只有筷子那样粗，卧在那里，像是一段残雪，许宣觉得它又可怜又可爱，就轻轻地把它揣在怀里，带回了家，找了一个小容器放在里面，又给小蛇喂了刚刚烧好的米饭，不过它好像不太爱吃米饭。许宣想啊想，又在小蛇旁放了点肉和鱼，它果然吃得很开心。

几天后，小蛇的外伤渐渐好了，非常活泼好动，许宣更加喜欢这条白蛇，经常用口袋装上它，带它去私塾听课。学堂放学以后，他会带着小蛇去河边的草地上玩耍，一起在水里游泳。

有一次，一个亲戚说要给许宣提亲事，他十分苦恼，偷偷跟母亲说，不想定亲。当时他的手上正在把玩着小蛇，母亲开玩笑说，你这么喜欢这条蛇，等它长大了，变成一个大姑娘，给你当媳妇吧！许宣竟然使劲儿点点头，从那以后，家里就开玩笑说，那条白蛇就是许宣的媳妇。

转眼到了夏天，天气异常闷热，许宣家里的仆人接二连三生病，怎么诊治都不见好。家里十分忙乱。这一天，街上来了个年轻的和尚，长得眉清目秀。他围着许家的院墙左转三圈，右转三圈，然后叩响了许家大门。

许家问他何事？和尚双手合十，说道："近日宅上人口不宁，多人生病，可有此事？"

许家人一听，正说中了心病，急忙称是，恭恭敬敬把和尚请进门。和尚让许家所有人都来到大堂，包括那些生病的佣人。他一个一个叫过来相看，叫到许宣时，他的眼中突然放出灼灼的神光，耸起鼻子乱嗅，突然说道："如果小僧所料不错，你养了一条白蛇是吧？"

徐家人吃了一惊，不等许宣回答，就急忙称是。和尚说："正是此物作祟惑人。此物虽然短小，那是因为它功力尚浅，长大以后会腾云驾雾，祸乱人间！它是天上星宿下凡，普通人家收留了是会倒大霉的！"

这番话说得许家人直冒冷汗，不等许宣答应，就跑到他的房里把那小蛇拿出来交给和尚。和尚哈哈大笑，从背囊里拿出一个小小的竹篾编织的笼子，把小蛇放了进去，又在外面贴上一道写满字的符，拿着笼子转身走了。

许宣仿佛被摘了心一样难受，也悄悄出了门，跟在那和尚的后面，那和尚走了一会，可能是看见脚上有泥浆，就坐在河边洗鞋子。那只小竹笼就放在他的身边，许宣悄悄靠近竹笼，小蛇昂起头看着许宣，眼睛里竟流下了两道眼泪。许宣心如刀割，突然冲上前，一脚把竹笼踢进河里。和尚大吃一惊，伸手去抓竹笼。可竹笼一进水，恰好一个大浪打过来，一下冲开去好远。和尚贴的那道符被水一泡，掉了下来，被水冲远了。那小蛇立刻破笼而出，身子一弓，钻入水中不见了踪迹。

和尚气得指着许宣破口大骂，他的肚子也气得一鼓一鼓的，不想越鼓越大，最后竟然鼓得像是肚皮下藏了一个大鼓！许宣瞪大了眼睛看着这一幕，害怕极了，转身想跑，突然，那个和尚一下子栽倒在河里，竟然变成了一只大蟾蜍，肚皮还是鼓得那么大，然后顺着小蛇消失的方向，艰难地游走了。

许宣看得目瞪口呆，敢情这是一个蟾蜍精啊！他开始为小蛇担心起来，怕它被蟾蜍精捉到，就跪在河边祈祷了好一会。河面上风平浪静，根本见不到小蛇的身影，他一步三回头地回了家。

许宣心里难过，到家之后饭都没吃，就回到了自己卧房，一进房间他就惊呆了，床上盘着一团雪白的东西，不正是那条小蛇吗？它的头高昂着，看见许宣以后，露出调皮的笑容。许宣这一下喜出望外，一把把小蛇捧在手里，哽咽着说："我的宝贝，我还以为再也见不到你了！"许宣"吧嗒吧嗒"掉眼泪，小蛇用头蹭着他的下巴颏儿，伸出舌头舔着他的眼泪，似乎在安慰他别难过似的。这时许宣感到，经过这一次劫难，小蛇也变大了一些。为了不让家里人担心，许宣把小蛇藏在床下，没告诉任何人。

因为家里人的病还都没好，继续请医调治，这一天请来一位名医，诊断后说，这些病人都是中了蟾酥之毒。应该是有一只得道成精的蟾蜍在许家喷吐过毒气，才会导致多人生病的。他对症下药，家人的病也都慢慢好了起来。

这一天，许宣与家中的佣人到镇上去玩耍，看到镇上有一个白发白须的老头，正在设摊卖汤圆。奇怪的是，他卖的汤圆分两种，一种是平常大家常吃的那么大小的汤圆，开价是一个铜板5个汤圆；另一种是小得只有珍珠那么大的汤圆，一个铜板却只能买两个。许宣觉得好奇怪，为什么小的汤圆反而卖价高呢？于是他要佣人用一个铜板买了两个珍珠大的汤圆，一口就吃掉了。说来也怪，一入口就感觉那两个汤圆像长了腿似的，直往喉咙里钻！口感滑滑的，凉凉的，也没有什么特殊的味道。

回到家里后，晚饭时间到了，母亲喊许宣吃饭，他却摇摇头说不饿，在房间里和小白蛇玩得很起劲。那以后一连好几天，他始终都没有饿的感觉，肚皮一直是饱饱的。家人怕了，以为许宣得了什么怪病，找来郎中诊病，却说孩子的身体没问题。可是，又过了三天，许宣还是一点也没有吃东西的食欲。家人这才急了，详细询问佣人，佣人想了良久，说："一定是那个老头卖的汤圆有问题！"他就把许宣吃了两个珍珠汤圆的事说了出来。许宣的父亲赶紧跑到镇上去寻找那个白须老头。还好，老头还在这里摆摊。听了发生在许宣身上的事，老头笑呵呵地捋着白胡子说："我的汤圆一个铜板只卖两个，吃下去肯定和普通汤圆有区别了。如果孩子真的有什么不舒服，你回去后只要在他的后背上连拍三下，自然就会好了。"父亲回到家里后，拉过许宣，按照白须老人讲的方法，在他的背上连拍了三下，只见许宣的嘴巴"哇"地一张，吐出了两个白色的汤圆，落在地上，大家仔细一看，哪是什么汤圆啊，分明是两颗白色的珍珠！只见那两颗珍珠雪白浑圆，放着美丽的光泽。许宣低头去捡珍珠，不料一道雪白的银光划过，众人只觉得眼前一花，两颗珍珠不见了！出现在大家眼前的，是那条白蛇，珍珠被它一口吞下了肚！更诡异的是，那白蛇的身体突然暴涨了一圈，也长了好多！众人目瞪口呆，纷纷躲闪。只见那白蛇如一匹银练一般，蜿蜒腾挪，围着许宣连转了三圈，随后竟然扶摇而起，破窗而出，腾云驾雾，转眼间飞得无影无踪。

其实，那就是刚刚出世，还没有得道成仙的白娘娘白素贞。想当初，它幼小软弱，还没有多少功力，差点就丧身在那蟾蜍之口。那个卖汤圆的白发白须的老汉，是来搭救她的天上星宿，两颗珍珠当然就是助她尽快成仙的仙丹了。白蛇娘娘吃了那两颗珍珠，按照仙界的说法，道行一下增长了一千年。

那白蛇飞到空中，在云雾中穿梭来去，但是，尽管道行长了一千年，可离得道成仙还有不少差距。

这一日，它看到镇江方向冒出一束奇异的黑光，直冲到云霄。那光芒辉煌灿烂，还似乎发出一缕异香。它心中狂喜，知道时机来了，立即循着那奇光飞呀飞呀，一直飞到镇江的金山寺旁。只看见金山寺山脚下一块突出的大石头上坐着一只硕大的蟾蜍，那蟾蜍的头对着天空中的太阳，缓缓地从嘴里吐出一口气，随着气息，一颗光芒璀璨的黑珍珠被抛到三四丈远的天空，随后蟾蜍又迅速伸出长舌，把珍珠再收纳回肚中。它反反复复做着这同一个动作，悠然自得。

白蛇一看喜出望外。这正是那只和自己为敌的蟾蜍！它此时正在练功呢！白蛇找准了蟾蜍吐纳的时间间歇，等着它再次把珍珠吐到三四丈远还未来得及收回时，就在那电光石火的刹那间，白蛇突然一个俯冲，一口把黑珍珠吞进了自己的肚中。那蟾蜍也非凡物，按它抛珠吞珠的功力，也有数千年道行，而这道行的精华就在这仙丹之上。现在，眼见仙丹被白蛇一口吞了，这一急非同小可，千年修行就这样被白蛇夺走了！蟾蜍跳起来想要攻击白蛇，可那白蛇一口吞了仙丹，相当于又增加了一千年的道行，离得道成仙又进了一大步，蟾蜍哪里是它的对手呢！不等蟾蜍扑到身边，白蛇一个鱼跃翻身，早已经腾空飞起，扶摇直上天庭。

天庭各路神仙一见白蛇，早已经知道它的前尘往事，再也不敢小觑。但按照天庭规矩，白蛇如此得道成仙有违天规，所以，玉帝摇头说道："以你现在的道行，照理可以做个小仙，但因为你在凡间曾受凡人相助，不仅救了你的性命，还助你修仙得道。按我仙界规定，你必须把这一笔人间恩情回报了断之后，才能重返天庭，做那逍遥快活之仙。还有那金山寺的蟾蜍精，被你生生夺走了一千年的道行，你也要给它一个交代才行，否则就乱规矩了。此刻时辰正好，你这就下去吧！"说完，那玉帝手指一弹，白蛇就从天庭跌了下来，一头栽到了杭州西湖的断桥旁。

那白蛇栽到断桥上，就碰到了许宣，随后就演绎了一则千古绝唱《白蛇传》。那白蛇就是家喻户晓的白娘娘，许宣则是后来人们以讹传讹，名字成了许仙。而那金山寺的蟾蜍精，则变化为法海和尚。这一男一妖一老僧，从此演绎出一段千古绝唱的爱情故事。

白果树下金鸡啼

在新义村的中部，有一棵远近闻名的白果树，它高及十余丈，树身五六个人也抱不过来。据园林专家测定，树龄已达五百年之久。关于这棵白果树，当地有许多传说，其中最为奇特的是，村中的老人都说，每到农历八月十五中秋节之夜，白果树下就会有一只闪闪发光的金鸡现身。据说五百多年来，这特别的现象年年如此，有一些特别幸运的有缘人都说曾亲眼看到闪光的金鸡，听到金鸡的啼叫。

传说，在明朝嘉靖年间，这棵银杏树还不是很高大，是一家姓杨的大户人家院里的宝贝，方圆几十里只有这一棵。杨家家境殷实，却人丁不旺，只有杨林一个儿子。杨林相貌英俊，文武双全，很多有女孩的人家都请媒婆主动求亲，可杨家老爷

白果树下金鸡啼　53

夫人心性很高，都没有应允。

有一年秋天，天气渐渐转凉，白果也接近成熟。细心的杨林发现了一件奇怪的事，靠近南围墙的一侧，墙头地上总会有像人爬过的痕迹。难道有人来偷白果？这可怪了。当地素来民风淳朴，家家夜不闭户，路不拾遗，从没出过小偷呀！

为了弄个究竟，这一夜，杨林悄悄守在南墙边。接近午夜时，果然有了响动，一个轻捷的人影悄悄翻上墙头。这人瘦瘦小小，蒙着脸。眼见那人来到树下，抱住了树干就往上爬，杨林轻轻咳嗽了一声。那人显然吓了一跳，溜下树掉头就跑。

杨林拦住了那人的去路，低声说："你来偷白果，必有苦衷。不如和我说说，看我能不能帮上你？"那人愣了一下，眼睛里逐渐蒙上一层泪水，默默解下了蒙面巾。杨林大吃一惊，这人他认识，就是那个流浪女秀花。

一个多月前，一对母女流落到新义村，她们说是家乡闹瘟疫，逃出来后辗转来到此地。杨林的老母亲看母女俩可怜，让她们住在自家的小草屋中。那老妈妈患有很严重的哮喘病，一天到晚咳嗽不停，让人听着都心烦。名叫秀花的女儿很勤快，脸上却黑乎乎的，长得很丑陋。村里的一个鳏夫，托杨家老夫人前去提亲，却被秀花婉拒了，说只想给母亲治好病，暂时不想嫁人。

没想到这个秀花，居然是个小偷。

不等杨林责怪，秀花扑通一声跪在他的面前，低声哭了起来。杨林急忙拉起她，让她慢慢说。

原来，秀花滞留在新义村就是为了白果。她说她妈的哮喘病，郎中说过，只有用即将成熟的白果煎汤喝才能医好。只是白果很贵，秀花买不起。她看到这一棵大银杏树上结满了白果，就动了心思，每夜偷偷上树摘几颗，给母亲煎汤，她妈的哮喘病果然减轻了许多。

听到这里，杨林不由得叹息说道："深夜爬墙上树多危险啊，以后千万不要这样了。白果不算什么，我供你母亲服用就是。"

秀花破涕为笑。这一通流泪，脸上的黑灰被冲洗掉了许多，露出了洁白的皮肤。原来她本是个相貌秀美的女孩，只是怕被坏人欺负，才故意把自己弄成丑陋的样子。

那以后，杨林不但送给秀花很多白果，还帮她的母亲购买其他药物，秀花妈妈的身体一天天健壮起来，一对年貌相当的男女青年也渐渐相爱，私下订了婚姻之盟。

可是他们的婚事却遭到了杨家父母的坚决反对。杨家是当地的大户人家，怎么可能同意儿子迎娶一个流浪女孩。

当时，倭寇在浙江沿海肆意闹事，浙江参将戚继光正在招兵买马抗击倭寇。被父母棒打鸳鸯的杨林一怒之下，决定从军报国。他想，万一获取战功，就有机会奏请长官成全自己和秀花的婚事。

临离家从军的前夜，正是中秋之夜，杨林约秀花来到银杏树下。一对恋人喁喁倾诉。杨林指着西天黯淡的月儿说道："无论战事如何，我最迟在三年后的中秋这一天，回来娶你！"

秀花含泪说道："战场上刀枪不长眼，万一你一去不归……"一句话没说完，已经泣不成声。杨林不忍心见到心爱的女孩难受，想逗她转悲为喜，一眼看到树下有一只金色羽毛的公鸡在啄吃银杏果，灵机一动指着公鸡说："倘若我人不能归来，就是变成公鸡，也要回来和你成亲，这回放心了吧?"一边说他还一边学公鸡"喔喔"叫了起来。秀花果然破涕为笑，发誓道："如果三年后你真的变成公鸡回来，秀花就抱着它嫁入你杨家，终身不悔！"

杨林走后，一晃就是三年，音讯全无。不久，据归来的士兵说，杨林已经战死沙场了。这消息让杨家人和秀花悲痛欲绝。

这天入夜，月明如昼，秀花穿上了自己精心刺绣的婚礼吉服，来到银杏树下。银杏树已经比三年前高大了一些，树上结满了白果。秀花想起三年前树下的誓言，泪如泉涌。突然，她听到了一声公鸡的啼叫，回头一看，见一只大公鸡在树下向自己走来。那大公鸡身架高大，威风凛凛，浑身的金色羽毛竟然像金缎子一样闪烁异彩。秀花蓦然想起三年前杨林的话，她靠近公鸡，抚摸着那金缎子般的羽毛，低声问道："杨郎，是你吗？你战死沙场，真的变成公鸡来兑现誓言了？"那公鸡喔喔叫着，似乎在回应她的问话。

秀花含泪抱起公鸡，对着月亮拜了九拜，算是和爱人成了亲。秀花在挂满果实的银杏树下徘徊到黎明时分，在金色公鸡一声接一声的啼叫声中，用一条红绫，吊死在银杏树下。

不想就在秀花死后的第三天，杨林却风尘仆仆地回来了。原来他在战场上被俘虏了，刚刚冒死逃脱出来，本以为可以与心仪的姑娘喜结秦晋之好，想不到姑娘已魂销玉碎。

杨林一口鲜血喷射而出，也一下栽倒了下去。这一天，正巧也是八月十五中秋之夜。那以后，每到中秋之夜，都会有一只金灿灿的大公鸡会悄然现身银杏树下，一边在树下徘徊，一边啼叫，直到天亮才悄然消失，年复一年，至今已过了五百年，年年中秋之夜这金鸡总会显灵。人们说，这就是杨林的化身，他仍在呼唤他心爱的姑娘。

据说，时至现在的每年中秋，金鸡仍会在白果树下现身，有人说如果是对爱情忠贞不渝者，就能听到金鸡的啼鸣，甚至能看到这只闪亮的金鸡。

白龟神医

　　明朝时期，在枫泾镇南有个叫蒋浜的村落。村里有一户陈姓人家，是祖传的中医世家，虽不敢说是杏林国手，却也往往药到病除，深得附近居民的称颂。到了明天启年间，陈家承继家业的叫陈季良，他不但医术高明，为人也耿直敦厚，疾恶如仇。平时遇到穷人来看病，往往少收或不收诊费，有时还白送药材；又乐善好施，广积人脉，有人遇到急难之事，只要求上门来，没有不慨然应允的。因此乡里乡亲的，都感念他的恩德，口碑非常好。

　　这一天，陈季良行医归来，就着明朗的月色走近家门，却见自家的河埠上有一团雪白的东西，周围竟笼罩着一层缥缈的白雾。他吃了一惊，放慢脚步，慢慢走近，这才看清楚，原来那白色之物竟是一只全身雪白的乌龟，个头只有巴掌大小。这白龟仰头望天，张开小嘴巴似乎在做吐纳，在它一呼一吸之间，就有源源不断的白色雾气飘出来笼罩在它的身边。

陈季良见此，不觉暗暗称奇，且不说雪白的乌龟十分罕见，那口吐白色烟雾之情形更增添了几分奇异。他想，这一定是个神灵之物，所以，他不敢去惊扰它，只是双手合十，嘴里默默祝祷了几句后，就悄悄回了家。

几天以后的一天下午，他正在碾药，忽然看见7岁的小孙子福宝欢天喜地走进来，手里捧着一团雪白的东西。陈季良心头一惊，凝目看去，这不是那个夜晚所见的白龟吗？

陈季良急忙叫住孙子，问是怎么一回事。孙子举起手，把白龟献到爷爷面前，乐滋滋地说道："爷爷，孙儿刚才放学回家，看见村里一群小孩在咱们家河埠旁吵吵嚷嚷，原来他们捉到了一只白龟，嚷着要拿回家煲汤吃。我心里不忍，就给了他们一吊钱，把白龟买下来了。"

陈季良心里赞叹自己的苦心没有白费，孙子小小年纪就有慈悲心肠。接着他问孙子打算怎么办？

福宝想了想说："再放回到河里去，说不定哪天又会被人捉去。爷爷，我们还是把它养在家里好了，这样，这小白龟也不会有什么危险了。"

其实陈季良也正是这样想的，于是点头答应，爷孙俩一起把白龟放养在天井里。自此，陈季良经常在夜里悄悄观察白龟的动向，却始终没有发现什么异常之处。

一年多以后，枫泾当地突然流行一种怪病，那些十来岁以下的半大孩子的喉咙，先是红肿，然后化脓，发展到后来，嘴巴里就会流出白色的黏液，最后，不但不能吞咽吃饭，连水都咽不下去，喉咙不能发出一丝声音，亲人们只能眼巴巴地看着他们死去。

这个病传染得很厉害，方圆三四十里内到处都有患病的孩子。陈季良诊断后得出结论，这是一种叫封喉痛的流行病，致死率极高。他心急如焚，每天都奔走在患儿家中，想尽了各种治疗的办法，但都不见效。

更让陈季良不安的是，可怕的厄运居然也降临到他自己的家里，因为他频繁接触患儿，可能把病菌带到家里，那天一早，福宝嘶哑着嗓子说喉咙疼得厉害。陈季良心里一痛，不用细看也能得出结论，福宝也染上了封喉痛。

跟其他患儿一样，几天后，福宝的嗓子开始化脓，陈季良抱着孙子彻夜不眠，却怎么也阻止不了病情的发展。这一天深夜，听到天井里不停地传来奇怪的声音，陈季良就起身走到天井里观看，原来是那只白龟正龇牙咧嘴发出"嘶嘶"的怪声。见他走了过来，那白龟竟爬到了他的脚上，陈季良捉起来把它放回到天井，可它再次爬上来，而且速度居然很快。这还不算，它爬到陈季良的脚边，还一个劲儿地撕咬他的裤脚，就这样，陈季良一而再把它放回去，它再而三地爬上来咬他的裤脚。陈季良无可奈何，想到孙子命悬一线，也应该让他临死前看看这个动物朋友，于是抓起白龟走进孙子的卧房。

此时的福宝已经不能吞咽不能说话，处于奄奄一息之中，看到白龟他才勉强笑了笑。白龟突然拼命挣脱陈季良的手，自己爬到了福宝的身上。这时陈季良想起了白龟之前的灵异，忽然产生了一种预感，也许它对福宝有好处呢？于是就没有再去阻止它，看它到底要怎么样。

只见那白龟一直爬到福宝的下巴，伸出两只前爪扒开了福宝的嘴巴。福宝无力地喘息着，一动不动地任由白龟摆弄。只见那白龟撑开福宝的嘴巴，竟把头伸进了福宝的嘴中。陈季良吓了一跳，正要去抓开白龟，却见它的头一伸一伸，居然一下一下地吮吸着福宝脓肿的喉咙，过了好半天，它才筋疲力尽地从福宝的身上滚落了下来，趴在地板上吁吁喘着大气，它原来雪白的身体已变成了暗青色了。再看福宝，本来急速的喘息声竟开始慢慢趋于正常，看着陈季良，张口叫了一声"爷爷"。虽然声音还很微弱，可听在陈季良的耳朵里，已经是仙乐一样美妙动听。他喜极而泣，抱住了孙子不撒手。

此时，门外恰好放了一大盆淘米的泔水，只见那白龟慢慢爬了过去，径直爬进了泔水盆，然后一头伏在泔水中咕噜咕噜地打着水泡。却见那原本奶白色的淘米水渐渐变了颜色。陈季良心知有异，告诉家人，谁也不要动这盆水，就让白龟待在里面，且看明天怎样。

第二天，福宝的病就好了大半，已经能坐起来喝粥了。那白龟还是一动不动地伏在泔水中。陈季良看到那泔水已变得黑黑的，索性又给白龟换了新的淘米水，就这样，白龟在米泔水中整整趴了三天三夜。之后，它爬出来回到了天井里，身体也恢复了雪白的颜色。

陈季良家的白龟能治疗封喉痛疾病的事很快传开了，患儿家属们排了队来求陈季良发善心救人。陈季良本来就是菩萨心肠，连声答应，可是那只原本一直在天井里的白龟，却不见了踪迹，陈季良到处都找不到它，这时福宝摇摇摆摆走过来，轻声喊着"白先生、白先生快出来啊！"真想不到，那小白龟突然像变戏法似地，不知从哪儿钻了出来。陈季良大喜，急忙让白龟用上次福宝治病的方法炮制一番，果然，又治好了一个患儿。这次，陈家人早就准备了一大盆淘米泔水，小白龟好像通人性似的，工作结束后就自己跳进了泔水盆中休息起来。

这天一大早，一个男人背着一个昏迷不醒的孩子敲开了陈家大门，进院就跪了下来。陈季良一看，是对岸邻居庞三。庞三的老婆去年患了重病，一直在陈家看病抓药，可惜病入膏肓，几个月后还是走了，还欠着陈家不少医药钱。

此时，庞三叩头说道："我家海儿快不行了，请陈先生让神龟救他一命吧。"

陈季良急忙扶起庞三，心里却好生为难。因为小白龟每看一个小孩，必要伏在泔水中休养三天才行。前天白龟救治了一个小孩，它的身体还没完全恢复，不知白龟能不能马上再治。可庞三苦苦哀求，说海儿就剩一口气了，等到明天怕就不行了。其实这不用他说，陈季良也早看出来了。他犹豫再三，还是从泔水中把白龟抓了出来，让福宝轻声把爷爷的为难告诉白龟，问它能不能帮忙。

白龟伏在陈季良的掌心很久很久，才慢慢爬向海儿。

治愈海儿之后，白龟的气息都微弱了，陈季良心疼坏了，赶紧小心地把它放进泔水盆。这次白龟足足在盆里趴了六天，换了六次泔水，它才恢复元气，而这时，等在门外的患儿已经排成长队。

这一天，一队快马停留在陈家门外，马上的骑手一下马，就用力拍着大门。陈季良一看来人，不由得倒吸一口凉气。来的居然是松江府守备周琦的家人。原来周家的孩子也病了，前来求医。

周琦其人，陈季良是太知道了。此人靠着在边境立了军功起家，在松江府一带横行霸道，无恶不作，受他欺凌的百姓的状子雪片一样飞到府里、京城，可是他朝中有靠山，状子不但被压下，反而还给周琦通风报信，结果很多告状人被他迫害得家破人亡。提起这个人，整个松江简直可说是无人不恨。

陈季良告诉来人，昨天白龟才治过病，今天是不能再出诊了，需要休养三天才行。再说，排在他们前面的还有好几个人呢，也总该有个先来后到的顺序吧。

来人狞笑一声，狠狠地说道："守备大人料到你这刁民难缠，这样，如果你所说的白乌龟还要休息的事属实，那就等你两天，否则，让你全家死无葬身之地！至于什么叫先来后到的顺序，爷们可从来没听说过。"说完打马跑了。

陈家门前这一幕被很多乡民看见，于是迅速传扬开去。

第二天一早，那个庞三竟偷偷来到松江，溜进了守备府，说有关于陈家白龟的秘情禀报。下人一通报，守备和夫人急忙让他进门。

庞三弯腰屈膝进了守备府的大堂，一见守备夫妻，立即跪倒在地，谄媚地说："大人，陈家那白龟需要休息三天才能继续治病不假，可是小人的儿子上次在他家治疗，白龟只休息了两天，也奏了效，只不过事后需要多休息几天罢了。现在陈家不肯帮大人家小少爷治病，其一是心疼那只白龟，其二是不屑大人的为人，所以才见死不救的！"

这一下守备气得眼里冒火，一边吩咐家人给庞三赏钱，一边亲自带人骑马往枫泾而来。到了陈家门前，兵丁疯狂砸门，门刚一打开，这些兵丁如狼似虎般冲进陈家，在天井边的水盆里一把捞起白龟，转身就跑。

陈季良大惊失色，上前阻拦，却被守备狠狠抽了一马鞭，恶狠狠地骂道："你这老贼太不识抬举！已经有人跟本官告密，你的白龟不休息也能治病，你却竟敢刁难本官。不跟你这刁民来点儿厉害的，你岂知本官的厉害！"说完挥起马鞭，冲着陈季良没头没脑抽打起来，打够了狂笑着纵马离去。

陈季良又是愤恨又是心疼白龟，真不知道只休息了一天的它能不能受得住！一家人面对一院子的狼藉相对叹息，天黑了，没有一个人吃得下饭。突然，福宝支棱着耳朵，喊道："白先生回来了！"大喊大叫地跑了出去，一家人蜂拥出门，果然，月光下，那白龟快速爬行过来，看它的奔行速度和身体颜色，和被抢走的时候一模一样，应该没受到什么伤害。福宝一把抓起它抱在怀里，高兴得流下了眼泪。一家人虽不知白龟是怎么逃回来的，但陈季良想这神灵之物肯定有着通天的本领。

但是，虽然白龟逃了回来，可那守备一定不肯善罢甘休，肯定还会追上门来，到时候一家老小没准会连性命都难保呀！陈季良当机立断，决定马上收拾细软，先躲一段时间再说。

就这样，陈家人带上白龟连夜出逃，究竟去了哪里，谁也不知道。第二天一早，那守备府的兵丁果然追上门来了，可陈家早已经人去屋空，兵丁一把火把陈家烧了个精光。此时，正好庞三在人群里看热闹，被兵丁认了出来，一把抓过他，说他禀报是假，与陈家共谋是真，所以一通乱棍，把他打得皮开肉绽。

从那以后，再也没人看见过陈家人，他们带走的那只白龟，到底是龟是神，就更没有人说得清楚，但这个故事，却一代代传了下来。

五个泥墩救新义

在新义村，有个地名叫五墩头，又有人叫为五灯头，但当地既没有土墩石墩，又没有什么别具一格的灯塔，怎么会有这样的地名呢？其实，这里有一个惊心动魄的故事。

那还是在清道光年间，新义村的高大年家出了一件大事。他家的女孩高小娥嫁给了邻村的孙亮为妻，婚后生下两个儿子，夫妻和顺。

这孙亮的父亲孙九人是个怪人，从小研究阴阳五行奇门八卦，到了而立之年，竟然留下一封家书，说是进山修道，一去再也没回来。孙亮那时还是一个七八岁的孩童，家里大大小小的事都落在了孙夫人的肩上。这孙夫人十分能干，一个妇道人家，把家业打理得井井有条。

这一天天还没亮，孙亮哭哭啼啼来到了岳父家，进门扑通跪倒，一口一个"小婿该死"。

高大年急忙扶起他，问他是怎么回事。听到孙亮说出一番话，高大年一旁的夫人一跤跌倒，昏了过去。原来就在昨夜，小娥因琐事被婆婆骂了一通，哭了半夜，竟然用一条汗巾，吊死在了房梁上！

高家立刻大乱，哭的叫的，吵的闹的，要一起到孙家讨说法。

高大年定定神，吩咐大家先不要闹，他带了两个儿子，先去孙家看看再说。见到女儿面色如生，却已经阴阳相隔，高大年老泪纵横。那孙夫人情知有罪，只是哭着说，报官也好，私了也罢，事已至此，她一切听命亲家公。

高大年按捺悲痛，找孙家人细细询问究竟。突然，大门外传来一片杂乱声，大家急忙跑出去，只见几百名高家族人挥棍舞棒，冲进孙家。

孙家人吓得不轻。高大年一身拦在众人面前，问带头的族人要干嘛？那族人义愤填膺地喊着："你的女儿也是我们高家的亲人，不能就这么白白让人害死！必须揪出元凶，给她报仇雪恨！"

高大年高声喊道："乡亲们，我来到这儿将近一天，事情的经过也查得差不多了。亲家母个性本来就强，小娥在家娇生惯养，有一点委屈也受不得。可下人和孙儿都说，亲家母对小娥着实疼爱。小娥两次坐月子，都是亲家母亲手调理月子饭给她吃，唯恐下人照顾不周。所以，小娥的死只是一个意外，这孩子……太任性了，是我高大年教女无方。以后小娥的两孩子还要祖母照顾，所以这事儿就算了吧。只要亲家母好好抚养两孩子长大，小娥泉下有知，也不会怪我。"

说完，高大年眼含热泪给族人拱手作揖。大家见他本人都这样宽宏大量，气也渐渐消了，商议了一番，就散去了。一场风波也就在高大年的宽宏大量下被平息了。

又过了很多年，爆发了太平天国起义。天朝大军攻城略地，所向披靡。大军所过之处，一片焦土，多少人流离失所，家破人亡。

此时的新义村一片人心惶惶，因为太平军要攻打嘉兴府，新义村是必经之地。

这几天，陆续有逃难人经过，说是大军马上就要打过来了。他们不仅要钱要粮食，还要人！女人掳去寻欢作乐，男的充当挑夫兵丁，无人幸免。

这一晚，听着远处隐隐的火炮声，新义村没一个人合眼的。到了半夜，一个仙风道骨的老人家敲开高大年的家门，要讨口饭吃。高大年虽然忧心忡忡，却还是吩咐下人端出了丰盛的饭菜，请他食用。

老道人见高家人一个个愁眉紧锁，开口问他们是不是遇到了什么难事。高大年长吁短叹地说："老仙人，您今晚来还能讨

……感念娘娘气量大……谢恩出手保太平

五相泡宴秋游寒土酉咸杨宏富画

口吃的。过了今儿，只怕这世上就没新义村了！"

老道人呵呵大笑："你们是担心太平天国的大军吧？不妨事，我或许可以帮上你们。"高大年吃了一惊，狐疑地看着这老道人，心想，你是什么来头？敢说这么大的话！

道人朗声说道："我在山中修道几十年，多少懂一些奇门遁甲之术。你们按我说的去做，管保大军到来之时，从新义村绕村而过，新义村全村人等，不伤毫发。"

高大年一咬牙，死马且当活马医吧。他按照道人的吩咐，连夜带着全村人，在村子的东南西北中五个方位上，和泥成坯，赶制了五个高三丈宽二丈的巨大的泥墩。又在泥墩之上堆满了各式柴草，到第二天暮色降临之时，刚好完工。只见那道人挨个到泥墩之上撒下了好多粉状之物，然后，来到村前的大银杏树下，左手持剑，右手掐诀，念念有词。戌时刚到，村人同时点燃五个大泥墩上的柴草，那熊熊大火窜天而起，令人称奇的是，五个土墩上大火的颜色各不相同，分别是青红绿黑黄，正对应着东南西北中五个方位。大火熊熊燃烧，人们则按照道人的吩咐躲在家中，紧闭大门，熄灭所有灯烛，这一刻，全村死一般沉寂，只有那大火越烧越旺。

突然，远处响起了千万人的喊杀声，千万匹马的马蹄杂沓声、鸣啸声、夹杂着鸡飞狗跳声、男人女人的哭声、惨叫声，风暴一样卷进耳朵。这嘈杂的声音在临近午夜时分逐渐消失。

天亮了，毫发无损的新义村的人们走出家门时发现，五个大泥墩上火光已经熄灭，人们来到银杏树下，那道人早已经不见踪影，只见有一张纸被一柄亮剑插在银杏树上。高大年赶紧取下来一看，只见上面写着四句话：

> 本仙原名孙九人，
> 奉天救难下凡尘，
> 感念高族气量大，
> 谢恩出手保太平。

原来那道人正是孙亮的父亲孙九人，是他感激新义村多年前的宽宏大量，特意过来解救大家的。

就在那个夜里，新义村附近的村庄无一幸免，都被劫掠一空，人员死伤无数，只有新义村完好无损。很久以后人们才听说，那孙道士原来是太平天国的军师之一，那个由他一手操持的五色火焰，在太平天国中，表示是自己人的暗号，所以新义村才逃过了劫难。

从此以后，五个泥墩救新义的故事就这样流传了下来，随着时间的推移，那五个泥墩因风吹雨淋逐渐破损下沉，直到消失不见。但五墩头的名字却留了下来，久而久之，不知为什么这五墩头的名字竟然变成了现在的五灯头了。

绝地风水墩

　　枫泾镇俞汇村地界有一条河面开阔，水流湍急的黄良河，在该河的拐弯处，有一个土墩露在江心水面中。这土墩好像是浮在水面上似的，随着潮汛的大小，上下浮沉，再大的潮水也不会淹没。

　　从前，这个土墩不在江心，而是与黄良河的北岸相连，土墩的面积也比现在大得多。墩上长着一些杂草矮树，还有很多野兔野鼠一类栖息。离河岸不远处有一个较大的村庄，叫圩汇村。村里住着一位风水先生，名叫袁大年，日常以看风水测阴阳为业。袁大年本来并无多少名气，后来因为一事，他的名气才突然大了起来。

　　就在五年前，有一次袁大年出门在外，办完事往回赶路时，一个慈目善眉的中年人赶了上来，主动和他打招呼，二人结伴而行，一路上谈谈说说，还蛮投缘。中年人得知袁大年是个风水先生，似乎很感兴趣，刨根问底啥都打听，袁大年也就把自己所知所学有一句没一句地与他聊上了。

中年人听着听着，突然眼睛闪闪发光，指着前方不远处的客店说："我和先生结识，也是有缘，中午请先生就在小店小酌几杯可好？"袁大年爽快地答应了。路边店的菜肴都很简单，中年人倒是实心实意点了几道荤菜，要了一壶黄酒，一边喝一边继续向袁大年讨教风水方面的门道掌故。

到了酒足饭饱，中年人突然一揖到地，说道："先生，我姓耿，家父去世三年了，下葬的时候只是随便找了一块土地，阴宅没经过高人指点。都说是一命二运三风水，这阴宅可是头等大事。今天既然和您认识，能不能请您老帮看看我家祖墓的风水。多谢您了！"说完又深深施礼。袁大年看看天色还早，中年人的家就在离这里不远的野猫泾，现在又刚吃了人家的酒肉，不太好意思推辞，就答应下来。

两人一阵急走，来到了中年人说的阴宅之地，当远远看到那阴宅，袁大年就吃了一惊。他怕离得远看不准，慢慢走近了细看，良久之后才说道："这阴宅向来有十不葬一说。何为十不葬呢？一不葬粗顽块石，二不葬急水滩头，三不葬沟源绝境，四不葬孤独山头，五不葬神前庙后，六不葬左右休囚，七不葬山冈缭乱，八不葬风水悲愁，九不葬坐下低软，十不葬龙虎尖头。"

中年人听得糊里糊涂，但是察觉到是自家墓地有问题，连声催促先生快讲。袁大年才徐徐说道，这墓穴地形呈条状，受左右横贯风吹堂而过，风水上称作风煞之地，主后代出盗窃强梁之人呀。

中年人斜眼盯着袁大年，看了好久，忽然跪倒在地，磕了一个头。袁大年一愣，可小伙子不再说什么，他也不好多问，寒暄几句就分了手。

袁大年回到家后，没过几日，忽然有人给他送来了不少礼物，说是耿当家特地来酬谢他的，这时袁大年才知道，原来那个姓耿的中年人，竟是枫泾一带鼎鼎大名的耿进喜。这耿进喜是一个让当地官府颇为头痛的江洋大盗。那天他本是想劫掠袁大年的，听说他是风水先生这才改了主意请他去看自己阴宅的风水。袁大年那一番话，让他对这个风水师佩服得五体投地。慢慢地，这事传了出去，袁大年的本事才被人熟知，名气就越来越大了。

一年多后，袁大年哥哥的儿子出去做生意，到了该回家的日子却迟迟不归，家里正在着急，有人送来一封信，上面写着：贵公子在我船上做客，限五日内拿出一千两白银赎人，迟则杀无赦。

信的落款是耿进喜。随信送来的，还有一小节指头。

袁家人一见犹如雷轰电掣，当时就傻了眼。抱头痛哭之后，有人提议报官。可那耿进喜武功高强，带着一伙兄弟啸聚湖海，官府多次围剿，都未擒获。枫泾这一带的人也都知道，这耿进喜言出必行，如果达不到他的要求，人质休想活命。

可一千两白银是一笔巨款。虽然袁家人的日子还算不错，却也不过是小康之家，一时之间去哪凑这么多钱啊！袁家人到处求借，眼看到了第四日，却只凑到了三百两银子。事逼无奈，袁大年想起来和这水寇也有过一面之缘，他还给自己送过礼，于是决定，就拿着这三百两白银去求见耿进喜，希望他看在有过一面之交的情面上，开恩放人。

袁大年带了一个侄子，摇着一只小木船，来到了浩瀚的白牛荡，不久就到了与耿进喜约好的地方。远处黑漆漆的，不见一点灯火，袁大年按约双掌拍击了五下，三慢两快，果然，一声暗哨过后，箭一般驶来一条小船，船上是几个穿着黑衣黑裤的水寇，还用黑纱蒙着脸，只露出两只眼睛。

水寇默不作声跳上袁大年他们的小船，搜检一番，确认附近没有其他船只跟着，接过了袁大年的包裹，打开一看，水寇阴沉着脸说："不是说好一千两吗？这么点小钱想打发叫花子呀。"

袁大年急忙拱手说："大爷，小人袁大年，是个风水先生，我和你们耿当家的有交情，还请你们带我去见他，我有话与他说。"那两个水寇嘀咕了几句，把袁大年捆绑了双手，带到他们的小船上，撑船走了。侄子就留在船上等候。

小船如一枚翘起来的树叶，驶得飞快，很快就进入了芦苇丛中。七拐八弯又行驶了一个多时辰，一艘大船出现在面前，船上黑沉沉的，外面看上去没有一点灯光。袁大年被带上大船，那两个人让其他弟兄看着他，他们进去禀报，很快两人出来，带着袁大年来到船舱里的一个房间内。房内灯火通明，曾经有过一面之交的那个中年人，正笑吟吟地坐在椅子上品茶，看见袁大年进来满面堆笑，让手下解开他的绳索，落座看茶。

袁大年赶紧说明来意，请求放了侄子。

耿进喜和气地说："袁先生乃神算子，兄弟一直敬佩之极。不过这船上不是只有我一个当家的，弟兄们也都要养家糊口，他们辛辛苦苦带人回来，也都不容易啊。这一千两白银是我们共议的赎买之价，少一点还可以商榷，您这只有三百两，我怎么跟手下兄弟交代呢？我们以前入伙时发过毒誓，就算是绑了亲娘老子，也得见钱放人，如有违背，天诛地灭。袁先生不是想要兄弟应了毒誓吧？"

这一番话说得袁大年哑口无言，还想再央求几句，那耿进喜已经沉下脸，让手下收了银子，送袁先生回去。临走时他又客客气气地说道，看在跟先生有过一面之缘的分上，可以再延期十日，再送五百两银子过来即可。

袁大年沮丧地回到家里，全家人只得再凑钱，急迫之下连房子田地都低价卖了出去，总算把人赎了回来。这事儿过后，袁家明显败落下去，生活大不如前。对那个大盗耿进喜，袁家人都恨之入骨。

又过了几年，朝廷出水师剿灭了耿进喜的江盗团伙，耿进喜也被生擒下了大狱，判决秋后斩首。消息传开以后，被他害过的人都拍手相庆，袁家人更是出了一口恶气，买了几千响的鞭炮贺喜。

这一天，有一个少年来找袁大年，说有事求见。袁大年以为又是来找自己看风水的，可来人一见他就跪倒在地，说出的事让袁大年大为吃惊。来人说是耿进喜的儿子耿仲明，受了死刑犯父亲之托，来求袁大年去大狱相见一面。

这太奇怪了！就冲着耿进喜当初的恶行，把袁家害得那么惨，袁大年哪愿意去见他呢！

那耿仲明拭着泪说："袁先生，家父入监以后，每次我去探监，他都说起你的本事，说他这辈子最佩服的风水师就是您。现在他死到临头，迫切想见您一面，是有话要说，还望您成全。俗话说得好，鸟之将亡，其鸣也哀，人之将死，其言也善。求您老就当是做一场功德吧！"

说完又趴下连连叩头。袁大年一想也对，这巨寇临死要见自己，一定是有紧要事说，就去见他一面又何妨，也好狠狠骂他一顿解解气。这样一想，他就答应下来，跟着耿仲明上了路。

袁大年来到了松江府，给耿进喜买了一些酒肉，进了牢房。耿进喜身披枷锁，手脚都带着镣铐，看上去气色还不错。一见袁大年，他走过来先跪倒磕了三个头，说道："上次您侄子的事，是我对不起袁先生。您还能不念旧恶来看望我一个将死之人，大恩大德，来世再报。"袁大年听了这些，对他的厌恨就减了六七分。他把食盒酒肉从栅栏缝儿递了过去，淡淡地问他求见自己究竟有什么事。

耿进喜抓住牢房的栅栏，一脸哀伤地说："袁先生，第一次相见时，您帮我家相的阴宅风水，实在太神奇了！这回我犯了事，我早就和家里人说好，让他们去寻一块最好的风水宝地，不怕多出银子，只要能够找到好风水，迁了我家祖坟，重建阴宅，保佑我的子子孙孙，不再出一个盗窃强梁之徒！不怕您耻笑，我虽然是个盗匪，可我儿子读的是圣贤书，做的也是正经生意，我巴望着后世子孙都清清白白做人。风水师虽多，可我最相信袁先生，所以斗胆请您相助，帮我袁家找一块上好的风水宝地，我在九泉之下永远感激你的大恩大德！"

居然是这样！袁大年心里叹息，摇摇头说："我虽然愿意帮人看风水，可那都是一些善人。像你这样的江洋大盗，一生害惨了无数良民，又差点害得我袁家家破人亡，现在死了还想葬到一块好风水的地方，修后世子孙长长久久的荣华富贵？呸，做你的美梦吧！"袁大年话说完，那耿进喜跪倒磕头，连连哀求。袁大年有点心软，可一想到他干了那么多神人共愤的坏事，心肠又硬起来，起身拂袖而去。

几天后，耿进喜被处斩。袁家人有不少都去看他伏法，比过年还要高兴。

这一天，耿仲明再次来到袁家，他已经为父亲选好了墓址，只求袁大年去看一眼就行。他父亲临终，还念念不忘迁坟的事。说完耿仲明趴在地上连连磕头。袁大年本来不想管他家的事，可是耐不住这耿仲明哭了说，说了哭，再一想人死为大，只好跟着他去看耿家相好的墓址。

耿仲明带着袁大年出了村子，径直走上了河岸边那个土墩，指着墩中心说："就是这里，这是其他风水师帮着相中的一块地，现在还请先生再次确认一下，这块地做阴宅，是不是能保佑子孙后代过安稳的日子。"

袁大年没有说话，走进了墩心，仔细一看，一边嘴里默念着什么，突然，他的心猛然一跳，低下头沉吟半晌，缓缓说道："这块地三面环水，按说是好风水的格局，可以保佑后代子孙发达。不过我还不能确定，要回去带罗盘再来看看。"

当天晚上，袁大年喊来哥哥和侄子，说了耿仲明找他的事。大家急忙问他那墩心的风水怎么样。袁大年缓缓说道："穴位所在地，在这个位置的后方有两个深坑，和穴位构成了一条直线。这样的地形，在方圆几十丈内都是有害的，这叫两肩洼风。古语有云：墓地两肩现洼风，其家必定绝男丁！不过，如果有人在穴心安葬的话，这家必将绝户，但是会彻底改变周围的煞气，这个土墩之上的其他土地，反而全变成了风水宝地！"

大家交头接耳，十分兴奋，有人就骂："好呀老贼，你也有今天，你要葬在那个河墩心绝地上，是老天要你断子绝孙！"

袁大年等大家安静了，才说："他作恶犯奸已经受到了惩罚，但据我了解，他的老婆儿子倒没做什么坏事，子孙后代也不应该代祖受过……"大家七嘴八舌抢白袁大年读书读傻了。可是他继续摇头说："我回来后反复思量，已经拿定主意。身为风水师，知道是恶风水不加阻挠，是我的德行有问题。阻挠了他们不听，也是我劝告不力。无论如何，不能利用这点技能报私仇，做出害人子孙后代的事。"

按袁大年的脾性，他定好的事从来没人能够劝阻，袁家人虽然气愤，也无可奈何。后来，袁大年对耿仲明依实说了这事，耿家人感恩戴德，于是另找墓地安葬了耿进喜。

这事在村里引起了不小的非议。有人说，那土墩周围山清水秀，如果是绝地，还会那样花草丰美，动物也活得那么好？这袁大年是没安好心，存心报复耿家。从人家阴宅下手，真够狠的！传的人越来越多，越有人坚信这一点，这一下，好多人跃跃欲试要把阴宅挪到土墩之上。此时袁大年满身是嘴也说不清，又担心真的有人占了墩心而遭到厄运，想了几天，拿出一个主意。

他让哥哥去墩心挖了一个墓坑，告诉哥哥说："等我百年以后，就把坟墓立在那个土墩的墩心，千万记住了。"

哥哥大惊失色，连声问为什么？他可是相信兄弟的眼光的，既然那土墩是绝地，为什么自家要干这傻事？

袁大年叹气说道："现在那么多人不听劝阻，想把阴宅立在绝地上。那个土墩只要墩心有人入葬，恶风水会变好风水的！不如我就做个牺牲吧，反正我又没儿没女，没人接续香火。还望兄长帮助我实现心愿。"原来这袁大年心地善良，他要帮助村人避去这不幸，以一人之难，换来万家香火。

袁大年的哥哥虽然十分不愿，可想想兄弟说的全在理上，于是挑了一个黄道吉日，带人在土墩之上的穴心开始修筑阴宅。这一下引起了轩然大波，所有人都在非议袁大年。

雨季到来，连续多日瓢泼大雨，黄良河两岸潮水猛涨，两岸农田和村庄岌岌可危，可大雨竟没有丝毫停下的意思。这一天，依然是暴雨如注，袁大年拄着拐棍来到土墩边，此时土墩已经被江水淹没，看不见墩心在哪里了。袁大年摸索着找到方位，一点点靠近了墩心，一咬牙跳了下去，顷刻就被汹涌的江水吞没了。当他哥哥知道了实情，早为时已晚。

就在当天夜里，雷电大作，暴雨猛下，潮水猛烈冲击着江岸。忽然，堤岸塌落，河水拐弯分流，把土墩和江岸彻底分离开来，土墩被冲到了江心，形成了一个"江心岛"。

其实，袁大年的所谓风水说，到底是真是假，用现在的眼光看，都是封建迷信的一套。那个传说，之所以流传至今，乃是人们扬善惩恶的愿望罢了。至于那个风水墩，现在确实依然还在，总是随着潮水涨涨落落，倒从来不曾被淹没过，这也确是一件奇事。当地上了年纪的人，至今还在说，这都是袁大年这个风水先生在里面看护着的缘故呢。

黑鱼精作怪塘泥三浜

　　在新义村东有一条河浜，浜里出产的鱼滋味鲜美，可是这个村却有个奇怪的规矩，捞鱼的都是一些老大爷，实在不得不让年轻小伙子去捞鱼，也只能是一些身材矮小，模样不好的。要是捞鱼的是个帅哥，就必须带上扮丑的面具才可以，否则就有可能酿成船翻人亡的惨剧。这个规矩由来已久，是为什么呢？

　　传说在很多很多年以前，这里有三条相连的河浜，名叫塘泥三浜。每条浜的水面都很大，远远一看，碧波茫茫，风景很美。河浜里出产的鱼鳖虾蟹种类繁多，滋味鲜美。

　　不知道从哪一年开始，河浜上的风浪大起来，连续出过几起灾难，都是船毁人亡的大事故。有一次，一个老船民眼看着

黑鱼精作怪塘泥三浜　　85

附近一条小船被风浪掀起，风浪中一条黑亮黑亮的比船长出几倍的弧线形鱼脊一闪即逝，随后那条小渔船就被拖进了河浜底，船上的小伙子不用说，肯定是淹死了。而近在咫尺的那个老船民却啥事没有。

老船民惊魂初定，回去细说，村民才知道，河浜里出了妖精。根据老船民的讲述，大家一致推断，那是一条黑鱼精，个头怕不下几丈长。后来类似的事故多了，人们慢慢总结出了规律，溺亡的船民都是长得标致的小伙子，年纪在二十上下。只要是老年人，或者是一些模样长得不太好看的小伙子，在这浜里捕鱼总会平安无事，要是年轻帅哥，一进这浜准会出事。就这样，很多年过去，也没人敢破这个规矩，浜里也没再发生过灾难事故。

村西有一户人家，老两口无儿无女，50岁上抱养了一个男婴，取个名字叫阿福。这孩子从小聪明伶俐，长得白白净净不说，两只大大的眼睛含情带笑会说话。路上遇见他，村里的大姑娘小媳妇都要偷偷瞄上几眼。

因为河浜里那条不成文的规矩，从阿福十一二岁起，父母就不肯带他下河浜捕鱼了，所以尽管阿福是个捕鱼嬉水的高手，却只能眼巴巴看着塘泥三条浜不敢下船。

这一年阿福十九岁了，爹娘都已经七十上下，眼看又到了捕鱼旺季，阿福的爹爹偏偏生了重病，不能捕鱼不算，还要请郎中抓药，家里眼看揭不开锅了。阿福一看，这样下去哪行，他想啊想啊，想出了一个好主意。他跑到集镇上去，买了一个钟馗面具，带上一看，这张脸又黑又丑，保管不会有事。他为自己的计策兴奋不已，第二天天刚亮，就瞒着爹娘摇船下浜。

河面上风平浪静，每一网下去，都能捞上来很多大鱼。阿福捕得高兴，一点点来到了河浜深处。突然，一股贼风稀溜溜刮过，阿福正在低头捡网里的鱼，一不留神，钟馗面具被风掀落，掉进了河水里。阿福知道大事不好，赶紧收网摇船就走，但是已经晚了，浜心里突然卷起一个巨大的漩涡，兜着阿福的小船一下子扣到了浜底。

阿福爹娘得到儿子淹死的噩耗如雷击顶，相互搀扶着坐在浜边嚎啕痛哭，口口声声要跟着儿子一起做鬼去。

老两口哭到半夜，不知不觉睡着了，两个人同时做了一个相同的梦：儿子阿福穿着水军将军的衣服给他们跪倒磕头，哭诉说那条黑鱼精本是东海龙王的外孙女，因为贪恋人间夫妻恩爱私自下凡，触犯天规，被罚来到河浜里服刑。可它恶性不改，看到漂亮小伙子就忍不住兴风作浪，淹死人后掳到她的河宫里寻欢作乐。阿福劝爹娘不要烦恼，以后他每日把新鲜的河鲜推到岸边，请父母按时领取，他会继续孝顺父母到百年之后。

阿福说完就不见了，老两口醒来又是一通大哭。那以后果真每到老两口来到岸边的时候，就会有丰富的河鲜涌到脚边任他们捕捉。

这件事传开以后，人们才知道这些年淹死的人都去了哪里。村里的士绅在一起合计了一下，觉得这样下去怎行，难道村里要世世代代受这母鱼精的挟制吗？于是大家达成了一致意见，全村男女老少一起出动，车干塘泥三浜的水捉妖。

大家说干就干，阿福的爹娘没力气了，在岸边支起大铁锅做饭做菜，烧水煮茶，做好后勤工作。一连忙碌了十几天，眼看着河浜里的水被逐渐车见了底，河鲜络绎不绝地被运上岸，人们群情激奋，干得更欢了。不过也有人疑惑，为什么水眼看见底了，黑鱼精还是踪影皆无？人们回答不出这个问题，都说怕是水底还有洞府吧，总之先挖到底再说。

就在那一晚，天黑时头顶还星月朗朗，过半夜风云突变，顷刻之间天上堆满了黑云。随着一声霹雳，瓢泼大雨从天而降。大雨哗啦哗啦下了整整三天三夜，天晴之后，人们扶老携幼哭哭啼啼来到河浜岸边，果然，那几乎被车干的三条河浜里又重新碧波荡漾了。

人们指天画地诅咒老天爷不开眼，纵容东海龙王帮着害人的母鱼精。擦干眼泪后，不服气的村里人决定，跟天跟妖怪斗到底。可是既然老天不公，再车水也挡不住一场大雨，他们决定，这次要挑泥运土填平河浜，宁可没有河鲜吃用，也要收拾这条害人精。没了水，看它还能兴什么风浪害人。

又是几个月的奔忙，村里的人们累瘦了，晒黑了，眼看着三条浜已经填满了两条，水面变为沃土良田，村里只剩下一条浜了，大家觉得胜利在望，欢欣鼓舞，干得更有劲了。不料这一日，知府大人带着县令还有一个老道士突然来到现场，说是新任布政使大人老家就在附近，从小吃惯了这里的鱼虾，现在点名要乡里定期给他送去这里出产的河鲜，河浜已经填了两条，剩下的这一条无论如何不能再填了。

　　知府亲自来吩咐，村人哪里还敢执拗不从，只得停了工。这时那个跟来的老道士吩咐人们，在剩下这条河浜的正东方挖一个巨大的坑，填进几只木船，他把几张血写的符贴在船上，再埋掉木船，踏平。

　　人们不敢多问，只是照做无误。完工之后老道士才说，这浜的东方有一条地眼，直通东海龙宫。上次车水见底，还不见黑鱼精，其实她是循着地眼逃回到她外公那里去了。现在地眼被堵死，浜也只剩了一条，黑鱼精逃生无路，以后就会收敛许多。

　　过了一段时间，人们才知道，原来布政使大人并不是真爱吃家乡河鲜，他只是怕填满了三条浜，影响了自己继续向上升官的风水。但不知是那老道士做鬼画符起了效，还是其他什么原因，从那以后，倒真没发生过溺水事故，慢慢地，一些胆大的年轻小伙也开始到这浜里捕鱼，竟也再没发生过意外。

这个传说虽说带有迷信色彩，但千百年来当地人一直这样流传了下来。现在，只剩一条浜了，人们还称它为塘泥三浜。但那浜的水还是怎么也不能车干。就是在学大寨时，每条河浜条条都能底朝天，唯有这条小浜和以前一样，就是无法车干。当地人说就是因为那条黑鱼精还在这浜里，虽然它已不再兴风作浪，但当地人还是有些心有余悸。如果哪位捕鱼高人不信，你可以到这塘泥三浜一显身手，或许真能捉到那条东海龙王的外孙女化成的黑鱼精。

打不牢的桥桩

枫泾镇是典型的江南水乡，河多桥多弄堂多，素有"三步两座桥，一望十条巷"之称。但在很久以前，在镇区最热闹的张家桥处，有两条河在这里相交。因为是十字河口，当时，没有东西向的桥，客商觉得很不方便，于是在一起商量，大伙儿集资一笔钱，造一座东西跨向的桥。

消息传出后，镇上的商家都乐意出资，居民也纷纷慷慨解囊，很快就凑够了建桥的钱。当时的商会会长姓陆，他放下繁忙的事务，着手负责建桥一事。他请来了当地最有名的造桥工匠刘师傅，刘师傅拉来了一伙石匠，选了个黄道吉日，鞭炮齐鸣，开始动工建桥。

造桥动工的第一步要打桩。虽然河面不是很宽，但是因为水深流急，这桩一打也要百十来根。不料打桩时发生了怪事，这桩打来打去就是打不牢固。刚打下去的木桩，感觉已经很结实了，可没一会儿就会松动倒卧。再次打下去吧，晚上收工时看看还是好好的，可到第二天一看，河里的木桩，又横七竖八，躺倒了一片。刘师傅造桥三四十年，还是第一次遇上这蹊跷事。大家在一起商议了好久，也想不出究竟是什么原因。

那天，大家正在为打不牢木桩发愁时，一个流浪汉背靠在造桥现场附近的大树上休息。见大家停了工，就凑了过来看热闹，还笑嘻嘻地问是怎么回事。有人不耐烦地挥手推搡他："去去去，一边去，走远点儿。要饭花子来凑什么热闹！"流浪汉被推得一个趔趄，差点摔倒，但他也不恼火，哈哈一笑，还是那样笑嘻嘻地说："你看不起我叫花子是吧？没准你们的难题，我这个叫花子能帮你们解决呢！"

工匠们七嘴八舌地说："你要能有这个本事，也不会出来要饭了。走吧走吧，别在这儿碍手碍脚！"

刘师傅为人忠厚，拦着大伙儿不让他们跟流浪汉斗嘴，大伙儿这才住了口。那流浪汉走开几步，又躺在大树下，自言自语地说："我敢跟你们打赌，如果你们就这样弄，这桩啊，明年这个时候，你们也打不牢！"

这时，陆会长带人拎着酒肉吃食来到造桥现场，大伙儿都饿了，便狼吞虎咽吃喝起来。可只见刘师傅拿出一张荷叶，包了一份鸡腿和两只肉丸，揣在了怀里，自己再也没有动一动鱼肉菜肴，只扒着白饭吃。其他工匠知道他的习惯，见怪不怪。陆会长却不知情，询问刘师傅怎么自己不吃鱼肉。一个工匠大声说："他每次出去吃开工饭，只要有鱼有肉，他就不吃，包上一份拿回家给老娘吃。"

在工匠们七嘴八舌的诉说中，陆会长才得知，刘师傅的老娘是他的继母，年轻的时候拖着一个儿子再嫁到刘家，一直只对自己的儿子好，对刘师傅并不疼爱，动不动还要打他一顿，稍微有点小错就连饭也不给他吃，所以刘师傅小时候挨饿是常事。可到刘师傅成年，父亲去世了，继母也老了，几个儿女里却要数刘师傅对后娘最孝顺，家里什么好吃的好穿的，都先想到老太太。对老太太带到刘家的儿子常宝也像亲兄弟一样疼爱。前段时间常宝生病一年多，一直是刘师傅在请医抓药。陆会长听了，冲着刘师傅竖起了大拇指。

大家吃着说着，很快吃饱喝足，对着打不下去的桩还是一筹莫展。这时，那流浪汉摇摇摆摆过来，笑嘻嘻地说："其实你们这个难题很好解决，看在这位刘师傅是个孝子的分上，我愿意帮你们一个忙。"

工匠们纷纷嘲笑他，又要赶他走，只有刘师傅说："这些年我到处建桥，遇到的怪事还真不少。这位先生既然这么说，可见是个高人，就请您指点我们过了这一关吧！"说罢站起来给流浪汉作揖。流浪汉哈哈大笑着说："我就知道你这人不错！好，我请问一下各位师傅，最近你们家里，可有谁遇到了稀奇古怪的事情？"大家面面相觑，有人说家里的鸡被黄鼠狼咬死了好几只，那黄鼠狼的嘴巴都是黑色的；有人说给父母上坟时无意间踩死了一条双头蛇；还有人说昨晚看到了天狗吃月亮……七嘴八舌。大家每说一件，流浪汉就摇摇头，后来所有人都说过了，只剩下刘师傅。他紧闭着嘴，看来是没什么可说的。

流浪汉大声说："还有吗？你们说的这些都很奇怪，是不是还有人有所隐瞒啊？"刘师傅心事重重，好几次欲言又止，见大家都把目光对准了自己，只好说："不是自身的事，也能说吗？"流浪汉点点头，刘师傅站起来说："既然如此，请先生借一步说话。"说完引着那流浪汉到了附近一处茶楼，敬上香茶，说出了自己家中发生的一件怪事。

一年多以前，刘师傅的继母带来的那个弟弟常宝，不知怎么回事，变得有气无力，脸色青白，一天到晚萎靡不振，人也日见消瘦。刘师傅十分担心，几次请医生为他诊治，可每个人的诊断结果都不一样，开的药吃了也都不见效。眼看着常宝越来越衰弱，刘师傅心急如焚。

那天刘师傅的活特别紧，为了赶工期，深夜才回到家。他走进院子时见常宝房间还亮着灯，他心里奇怪，为什么夜这么深了兄弟还不休息，担心是他的病情加重，于是走近他的窗前，突然听见室内有人说话，其中一个是女子的声音。

刘师傅这一惊非同小可。常宝已经定了亲，女方是前村的李家姑娘，讲好了明年中秋就要迎娶进门的，他的房间怎么会有女子说话呢？刘师傅把窗户纸捅了个洞，向里一看，不禁目瞪口呆。

只见床上一个赤身裸体的美貌女子，正从嘴里吐出一颗滚圆的红珍珠，喂到常宝的嘴里。常宝的脸色立刻红润了许多，过一会，常宝再把珠子喂给女子。就这样，两人互相喂来喂去。刘师傅打小就常听老人说狐狸精会迷年轻小伙，看来兄弟一定是被狐狸精迷住了，可他当下哪敢声张，悄悄回了自己房间。

第二天，刘师傅就到松江城请来了有名的道士来家里驱邪。道士在家筑坛作法，絮絮叨叨，请下一道神符，烧成灰喂给常宝吞服，说从此那怪物就不会再来了。可是，兄弟至今仍不见多少好转。听他说，那女子跟他偷偷来往半年多了，总是夜里来，早晨走，腾云驾雾，不知道是什么来头。

说到这儿，刘师傅跪倒在流浪汉面前，恳求说："我知道您不是凡人，就烦请您老帮我们一把吧。枫泾没有这座桥，来往客商居民都太不方便了。再说，那怪物现在是在我家作祟，我怕它还会到别家害人，请先生作法把它除掉，也好让枫泾这一方百姓免遭涂炭啊！"

流浪汉点头答应，刘师傅又请求他千万保密，这事在枫泾没有外人知道。因为常宝就要娶妻，如让未来岳父家知道新姑爷还没成亲，已经被妖怪迷了大半年，总归不是什么光彩的事情。流浪汉满口答应。

　　第二天一早，有人惊慌地跑到刘师傅家里大喊大叫："刘师傅，不好了！快去看看吧，造桥工地上不知怎么回事，竟然凭空出现了一个大坑！"刘师傅赶紧来到了建桥现场。可不是么，岸边果然出现了一个比大箩筐还要大、又深不见底的坑，看样子是新挖出来的，可是昨晚走的时候还好好的呢，这是谁天生神力，一晚上在岸边挖了那么大一个深坑？再说，挖这样的深坑，那些挖出来的泥土呢？旁边怎么一点也见不到呢？

　　人们带着狐疑，怎么都想不透是怎么回事。这时刘师傅吩咐大家，再次打桩试试，说来可怪，这下打桩异常顺利，而且非常结实牢固。歇息的时候，有工匠看见还在一旁打呼噜睡觉的那个流浪汉，推醒了他，讽刺他说："这位先生昨天不是还断言我们一年也打不成桩吗？还骗了我们讲那么多故事听。现在您老人家怎么说？"

　　那流浪汉懒洋洋睁开眼，一翻身，所有人都惊呼了起来，原来，在他的身下，竟压着一只比磨盘还要大的金色乌龟！众人正在面面相觑时，流浪汉笑嘻嘻地说："昨天夜里，贫道扳指一算，算出桥下住着一只金乌龟。我随手把它钓了出来，你们看，那个深坑就是我钓起这金龟留下的。告诉你们吧，它没被钓出来时，你们打的桥桩，每一根都打在它的背上，那金龟晚上要出来活动，它只要背一动，那些桩自然就松了，"见众人听得入迷，流浪汉又慢条斯理地说道："这金龟可是修炼近千年了。最近呀，它爱上了你们镇上的一个后生，每天晚上都要偷偷去幽会，可是它哪里知道它的爱，凡人是消受不起的。"说着他瞄了一眼刘师傅，继续说道："天上地下，相爱都不是罪过。它也不是有意与你们捣乱，所以，我也不会惩罚它，把它送走就算完事了。我原本还真不想管你们这些乱七八糟的事，偏巧昨天见识了你们这儿少有的一个真孝子，好男儿，所以我一时忍不住，又多管了这个闲事。"

大家听得云里雾里，可刘师傅早明白了过来。原来迷住自己弟弟的，就是流浪汉身下的那只金龟精。

此时，未等众人反应过来，那流浪汉已经骑在了金龟背上，喊一声"起"，金龟驮着流浪汉，缓缓升空而去了。

人们连声惊叹，原来是神仙相助呀。可他到底是哪路神仙呢？看这神仙虽然穿得邋遢，可眉眼之中英气勃勃，众人再一看刚才那"流浪汉"躺过的地上，还留下了两只碗，这两只碗一上一下口对着口合在一起，现场刚好有一位测字先生，他眯缝着眼说："两只碗碗口相叠，代表双口'吕'字，这位大仙，看来就是吕洞宾。"大家一听，对啊，那流浪汉虽然穿得脏兮兮的，可他那脸面，不就和画上的吕洞宾一模一样吗？

刘师傅带领匠人们面向神仙飞走的地方，一个劲地拜个不停。

不久，那桥就竣工了，因为当时桥的附近有个打铁铺，人们就把这桥叫做打铁桥。说来也怪，这桥还确实异常坚固，历经数百年仍然纹丝不动。就是在抗日战争中，日本鬼子多次对枫泾进行大轰炸，枫泾的许多建筑桥梁都遭到了严重损坏，当时，亲历者都说，这打铁桥附近扔下的炸弹最多，但是，这桥好像有神仙护着一样，再多的炸弹，就是没有炸坏这座打铁桥。

神鸟相助破龙脉

在新义村二组，有个占地两亩多的大坟墩，人们都叫它是干枯坟。为啥叫干枯坟？按当地的说法，就是坟中根本没有安葬任何尸骨，那到底又是谁为什么会弄这么大一个空坟呢？其中有一个惊心动魄的故事。

那要追溯到清朝中后期，1851年，咸丰登基当上了皇帝，当时国库空虚，吏治腐败，西方列强也在虎视眈眈，没多久又爆发了太平天国起事。太平天国大军攻城略地，势不可挡。闹得年轻的皇帝一筹莫展。

这一天子夜时分，咸丰皇帝处理完政务，信步走出室内，见夜空中星月朗朗，心里暗暗祈祷，若祖宗有灵，保佑大清国泰民安。正在他暗自祷告时，忽然看见东南方向的夜空中腾起一条紫色云雾，氤氲灿烂，气象万千。皇帝大吃一惊，几分钟后，紫雾渐渐消失，这景象让皇帝彻夜难眠。

第二天，皇帝招来天文官询问，天文官声音颤抖着禀报道："圣上，昨夜的值星官也见到了这一景观，已让风水术师明光释疑，他说……他说此乃王气。就是说，东南方位……有可能出反贼。"

这番话让众位朝臣无不吃惊，咸丰皇帝的脸色更加阴沉。他本来迷信很重，昨夜一见这天象早想到了这一点。现在听天文官这样一说更是心惊肉跳。

这时天文官继续禀道："圣上不必烦恼，有王气出现的地方下面必有龙脉，只要找到龙脉所在，挖断镇住，就可保我天朝无虞了。"

龙脉？皇帝想起一件事，反问道："金陵的龙脉不是早就被挖断了吗？怎么东南方向又出龙脉了？"

皇帝说的龙脉被挖断一事，正是千古一帝秦始皇干的。秦始皇第五次出巡经过南京时，几个术士告诉他金陵有天子气。又有一名术士看见方山顶部平整如削，四角方正，像上天盖下的印章，连连惊呼这是风水宝地。这让秦始皇很恐惧。他派人开凿方山，引秦淮河水流贯金陵，这样"王气"不能聚集，随同流水泄散。

虽然紫金山的龙脉被挖断，王气被冲散泄掉，可是这里是龙盘虎踞之地，历来都不乏帝王垂青，只是因为王气衰弱，那些帝国都命不久长。

这些故事，咸丰皇帝早已烂熟于心，可是，早已挖断了的龙脉，现在怎么又聚成王气了呢？咸丰百思不得其解。而在随后的数日里，这不祥之兆越演越烈，每夜东南方向都会有紫气冲霄直上。这还了得？皇帝立即下令一等将军福宝带着明光等几个风水巫师和一班随从，赶往东南方向，查找龙脉所在，立即予以斩断，以绝后患。

一行人马千里迢迢赶赴东南，夜空中的紫气指引这路人马一路找到了现在的新义村，这正是紫气升起的中心地带。

当时，当地正逢大旱，田野间的草木庄稼远不如往年繁茂。加上此地属平原地带，没山没岭，一马平川，怎么找得到龙脉的迹象？

福宝将军问那风水师明光该怎么办？明光回道："大人，金陵这条大龙脉的周边有干龙、支龙、真龙、假龙、飞龙、潜龙、闪龙等很多支脉。此地距金陵数百里之遥，顺着龙脉的走向得知，这是一条潜伏在地下的潜龙脉，潜伏地表，以待时机飞腾而出。是不容易找出的。"

福宝听了一惊，潜龙脉？地上看不出，又怎样破坏？

明光告诉他，先驻扎下来，明天由他带人先到周围踏勘一遍。因为龙脉分龙的头、身、足、尾等，只要找出些蛛丝马迹，然后确定好关键部位，作法镇龙脉就容易了。

一行人马就此驻扎了下来。那福宝每天都和明光等人到各地踏勘，在新义村周边几十个村庄走了个遍。多日过去了，这龙脉像是有意在和众人捉迷藏，有时感觉凸显了，可随即又消失不见，始终处于若隐若现之中，无法确定准确的方位。此时，太平天国大军步步紧逼，京城皇帝怕皇位不保，特派八百里快马加急送来一道圣旨，若三日内再找不出龙脉所在，命福宝将军将明光等风水巫师就地处斩！

可是，到第三天的晚上，龙脉仍然没有一点踪影。眼看着天一亮，脑袋就要不保，明光跪在黑夜里仰天长叹，他正在悲叹苍天保佑时，忽然听到一阵悦耳的啼叫。抬头一看，西边飞来一只大鸟，那鸟展开船帆大小的双翼，"扑扑扑"落在明光的身边，头一伸，把明光驮到了背上，脚一蹬飞上了半空。

明光本来吓得半死，双手紧紧抓住大鸟的羽毛，隔了好一会，才敢睁开眼睛。低头一看，只见新义村和周边几十个村庄完整地展现在眼前。稻田、河流、湖泊，在晨曦里美得如一幅画。大鸟慢慢地飞着，明光瞪大眼睛，终于看到一条隐隐约约的龙形显现出来。

那是在浅绿色的植被中呈现出的一块块深绿色，这要是站在地平面就基本不会察觉，现在驮在大鸟的身上，就好像现在的航拍，清楚地看到那些深绿色的植被组合在一起，呈现出一

神鸟相助破龙脉　　103

条巨大的龙形图案。

明光这才知道大鸟是上苍派来相助自己的，一边暗叫命不该绝，一边仔细记忆龙身各部位所处的村落位置。大鸟慢慢地在新义村上空飞呀飞呀，等到明光完全记住了，轻声说："神鸟，我已经都记住了。感激上苍的恩德，派下神鸟相助，看来我大清国运不灭啊！"

那大鸟果然缓缓降落，明光爬下鸟背，似乎一眨眼的功夫，大鸟就消失得无影无踪了。

明光"啪"地跪倒在地，不停地磕头。这时福宝押着其余几个早已五花大绑的风水巫师过来，要抓了明光一起开斩。

明光跳起来大声喊道："且慢！龙脉找到啦！"

明光凭记忆，把周边几十个村庄所有深绿色的地方都圈了起来，一条龙形图案就清楚地显现了出来，随从人员当即按照风水巫师们的指导，在龙体的各个要穴部位下挖出一个个深达数丈的墓穴，在墓穴里埋下金属之物，巫师们作法，随从们拼命填土，在上面筑起了巨大的坟头，这就是没有尸骨的"干枯坟"，为了彻底镇住龙脉让其不得再现，一行人又用巫术，总共筑了八九七十二座干枯坟。其中，最大的就是新义村二组龙脉心脏上的那座。

后来，明光说，之所以龙脉之处草体颜色较深，因为这是一条水潜龙，龙潜地下，靠水滋润，地下必有暗河。今年大旱，田野间禾苗树木颜色远比往年浅淡黄瘦。那龙身之下因为不缺水源，植被颜色就深得多。不过这必须是身在高处才看得出，要不是神鸟相助，只在平地上看，是无论如何也不可能找到这龙脉的。明光说，"这正说明我大清上应天意，才会有天降神鸟，助我脱困！"

一行人回到京城，皇帝听说龙脉已经被镇住，自然龙心大悦，赏赐了众人。从此，神鸟相助大清的故事在民间广为流传。

但是，虽然有什么神鸟相助，辛亥革命风云一起，清皇朝终究没能逃过覆灭的结局。所以，什么神鸟救助只不过是个传说罢了。

黄良河桥锁泥龙

在枫泾镇北面五六里外，有一座充满神话色彩的黄良河桥。据说，这座桥之下，被刘伯温作法锁着一条即将得道的泥龙。

相传在元朝末期，刘伯温跟随朱元璋起事，有一次经过枫泾。一走进这个江南小镇，他就感觉有点异样。此时正值中午，他腹中饥肠辘辘，于是挑了一家比较干净的铺子吃面。店家很快就做了一碗榨菜肉丝面和几盏小菜端上了桌。刘伯温吃着吃着，刚刚还碧空万里的天空中忽然阴云密布，闷雷声一阵接着一阵，随即就洒下了豆大的雨点。刘伯温吃完面也暂时走不了，于是背着手站在回廊观雨。这一看不要紧，外面的景象让他大吃一惊。

只见天空中隐然有一条乌黑的龙形云雾在翻翻滚滚，张牙舞爪，气势惊人。在常人看来，这不过就是一块乌云而已，可刘伯温是什么人啊，他可是识得天象之人，只见他双眼精光四射，早已经看出这是一条真龙现身。他很奇怪，翻云覆雨自有龙王分派风伯雨师来做，怎么这条龙亲自现身空中呢？他再仔细一看，又掐指一算，不禁大吃一惊。原来这是一条犯了错的泥龙，被罚在枫泾赎罪。它每天只有午时才能浮出水面活动。因为目前还没有修成太深的道行，所以要趁着下雨的午时腾空而起，吸收天地精华灵气。眼见雨渐渐小了，那泥龙在空中也折腾够了，突然奔着西南方向一头扎了下去，消失了。

刘伯温立即站起身，指着刚才泥龙隐身的方向问店家，那是什么地方？

店家踮起脚看看，回答说："客官，你指的那个地方是一个村子，叫前腰泾。"刘伯温仔细观望许久，不由得冒出一身冷汗。他谢过店家，看看云散雨收，迈步出了小镇，往西北方向赶去。

大概走了半个时辰，刘伯温来到了前腰泾村。站在村外的河边向村里望去，刘伯温暗暗心惊。只见村庄之前的河流虽然不是特别宽大，可是河水乌沉沉的，竟是深不可测。难道这就是那条泥龙的修炼之所？

刘伯温正在思量，听到不远处传来孩童的打闹声。他转身观看，是一群乡下小孩在街头玩骑竹马追逐的游戏。每个孩子胯下一根竹杖，玩得不亦乐乎，最后一个小孩长得浓眉大眼，却白白净净，细皮嫩肉，追不上其他孩子，急得都要哭了。游戏很快结束，白脸小孩输了，跑得最快的一个红衣小孩赢了。看来他们的游戏规则是赢的人要骑在最后一名小孩的脖颈上走一圈。所以孩子们吵吵嚷嚷，按着白脸小孩蹲下，红衣孩子骑上了他的脖颈，吆喝着："马儿马儿快快跑，驮着老爷去看戏！"

白脸小孩的眼里含着泪水，一使劲儿站起来，摇摇晃晃往前走。其他小孩在后面拍手起哄。刘伯温看着这群孩子嬉耍，想起自己小时候淘气的往事，一时间也忘了泥龙的事，不由拈须微笑起来。

不料没走多远，白脸小孩似乎力不能支，摔倒了。那个红衣小孩大怒着喊道："上次我输给你，驮着你跑了那么远，现在你这样耍赖，看我不尿你一头。"说完，竟褪下裤子，对着白脸小孩的头尿了起来。

突然，本来已经雨散云收的天空响起一个炸雷，红衣小孩还没提上裤子，就仆倒在地，似乎昏了过去。其他孩子情不自禁地大喊大叫起来。刘伯温赶紧过去，扶起两个孩子。他伸手给红衣小孩一搭脉，觉得脉象不稳。就让那些孩子去喊他家大人过来，把孩子抬回家诊治。回头看那白脸小孩，已经抹干净头脸，露出一副不屑的表情。

刘伯温心里一动，问了一句："你是个女孩？"

白脸小孩扫了一眼刘伯温，傲然说道："你怎么知道？"又指着地上躺着的红衣小孩，拍手大笑着说："就你这样，也敢说日后我当皇帝你当大将军！哈哈哈！"脸上竟然没有丝毫气恼之意，一派豪迈爽朗的气概。这时，有她家的佣人来喊小姐赶紧回去，她也不看刘伯温一眼，昂首挺胸，随佣人进入了一个朱红大门的院子里。

其他孩子七嘴八舌告诉刘伯温，这白脸小孩叫鲁玉璧，是村里富户鲁家的小姐。小姐倒没个小姐的样子，每天打扮成男孩一般，不去学习女孩子们的针线女工，却天天与一群男孩子混在一起，泥里水里打滚、摔跤、掰手腕，样样不落人后，特别勇悍，一般的男孩子还不是她的对手。像今天这样输掉游戏，是极少发生的事。

刘伯温心里一震，正在思索，听到身后传来鼓乐声声，一回头，见一队披红挂绿的人吹吹打打走过来。他们抬着箱笼礼盒，打头的是个媒婆，看样子是去哪家下聘定亲的。

小孩子们纷纷嚷起来："玉璧的夫家今天来下聘，她还跑来和我们打架，让她丈夫看见才好呢，还不当场休了她！"

刘伯温又是一惊，不由得站了起来，见那队伍中有个十来岁的男孩子，穿着簇新的衣裳，身上披着红花，看来就是玉璧的未婚夫了。这支队伍敲敲打打来到近前，突然，那"未婚夫"

用手捂着额头，喊一声："头晕！爹，有人拿鞭子抽我！"他身后一个中年男人急忙揽过他，连声问儿子怎么了？男孩子神色惊恐，大呼小叫，说什么也不肯再往前行一步，大嚷大叫说有人拿鞭子在抽他。

队伍被迫停下，中年男人对媒婆说，看来今天不宜下聘，婚事再商量，说着掉头要走。这媒婆可不答应，一把扯着中年男人的衣袖说这不合礼数。中年男人恼了，大声说："你来提亲时我就听说过鲁家这小姐有说道，怕我家儿子命小福薄配不起。就是你巧舌如簧说动了我家，现在来下聘又出这奇事，你还阻拦什么？"

就在此时，刚刚昏倒在地的红衣男孩的家人也赶了过来，唤醒孩子，听到这里在一旁冷笑着说："鲁家的玉璧小姐命硬谁不知道！惯得无法无天不算，还克死兄弟姐妹一大窝。成天价跟一群男孩子在泥地里摔跤打架，这样的女孩本地谁家肯要，也只好骗骗外乡人！"说着扶起孩子骂道："让你不学好，吃过鲁家那女魔头多少次亏了，总是没记性！"

这番话让媒婆的脸色也变了，中年男人更加有理，嚷着说要告鲁家骗婚，带着儿子掉头打马沿来路回去了。

其他孩子一哄而散，目睹这一切的刘伯温，心中暗自有了点谱，迈着方步走到那个朱红色的大门口，叩门求见，声称自己是个算命先生，想为他家小姐卜上一卦。

已经有佣人看到新姑爷到了门前又反悔回去的事，早报知了鲁员外。鲁员外正在唉声叹气，听说有看相之人来访，求之不得，迎进门后吩咐佣人看茶，一边请问刘伯温的来历。刘伯温随便捏了个假名字，说刚才在街头看到鲁家小姐，觉得这小姐面相不俗，所以特来给她相看，无论准与不准，均分文不取，只是请别动气。

这番话正对应鲁员外的心事，他连声叹气，说道："先生，你也看出这孩子不一般呀。唉，这个孽障，自从她生下来以后，就发生了好多异事。且听我——道来。"

鲁员外说，这孩子生下来当天，满屋子都飘散着香气，像兰花的气息，又像是麝香的味道，大家都说奇怪。她娘说生产之前梦见有人喊自己诰命夫人，喊完就生下了她。当时，家里人都觉得这孩子日后定会大有作为，于是宠惯得无法无天。后来，她娘又接连生了三个儿子，可一个也没养活。为此，员外请了好几个卦师相卦，可卦师都说，是这女孩的命太冲，妨碍兄弟姐妹都站不住脚！她的性子也奇异，不喜欢女孩子玩的花儿粉儿的，从会走路就和男孩子一起摸爬滚打，穿上女孩的衣服就哭闹，打扮成男孩就咯咯笑，又最喜欢玩带兵打仗登基坐殿的游戏。家里人都知道这孩子来历不凡，也不敢违拗她，一直是由着她任意胡闹的。

刘伯温听了点了点头，又问，在玉璧小姐身上，还有没有发生过其他诡异的事？

"有啊，有！太多了！玉璧三岁定亲，对方就是本村人，定亲不到半年，女婿无缘无故就死掉了。本地人都知道我家这小囡命硬，不敢婚娶，只好央媒婆在外乡找了一家，哪想到……唉！"

说到这里，鲁员外把女儿的生辰八字恭恭敬敬递交给刘伯温。刘伯温接过来细细观看，不由心惊胆寒。刚才他追着那条泥龙赶到这前腰泾，已经发现，前腰泾上空有龙形云在环护，村前那大河里有条泥龙在修炼。他扳指一算，知道这泥龙日夜勤修，已经快要功成，而一旦它修成正果，将附魂在此村一个小囡身上，这小囡就是玉璧，她的八字竟然是做皇帝的贵命。刘伯温早就卜知推翻元朝的开国皇帝是朱元璋，自己是主公的军师，要是这小囡当了皇帝，自己主公怎么办？只怕还是要天下大乱，刀兵四起，民不聊生呀。想到这里，他感到眼下最好的办法，只有锁住泥龙，破掉这里的好风水，让这小囡当不成皇帝才是上策。

刘伯温心里有了计算，嘴上当然不肯说破，只是温言安慰鲁员外别担心，自己正是上天派来帮助鲁家的。鲁员外感激涕零，连连鞠躬。

于是，刘伯温吩咐鲁家马上准备相关用品，然后把自己关在鲁家一间密室中。千叮咛万嘱咐，三天内不要惊动任何人，三天以后他自有办法。

三天后，刘伯温从密室出来，手中抱着一个形似玉璧小姐的人偶，来到河边，坐上一条早已准备好的大船。当船行驶到了河中心，只见刘伯温突然把手中的人偶抛向半空，然后，口中念念有词，手指人偶大喊一声：皇上驾到，还不接驾！

岸上的随人见了还没反应过来，只见刚才平稳的江水突然沸腾起来，随着一声巨响，一条硕大的泥龙跃出水面，它一眼看见玉璧小姐从半空落入水中，正手脚乱刨，仿佛在高喊救命。这泥龙一见惊恐不已。作为神龙，它当然知道，自己多年修炼真要得道，这女孩就是它唯一的附体，现在她要淹死了，自己也就白修行了，这还了得。他一着急，竟把当时仙界说的，修炼中不能在人前现形的告诫给忘了，一下从水底跃了出来，一冲而上要去救玉璧小姐。可它的龙爪刚一触到小姐的身体，不想那身体突然散开了，一节节的胳膊和腿分别漂浮在水面上，同时一股异常浓烈的香味弥漫开来，泥龙一嗅顿觉情况不妙，知道自己上了当，赶紧就要往水里扎，可是已经晚了，但见空中雷鸣电闪，云中突现一条龙形锁链从天而降，紧紧锁住了它的脖子。泥龙左冲右突拼命挣扎，但终究于事无补，这一条缚神链终于牢牢地缚紧了泥龙，在它的身上结结实实地捆了几十道。再看水面上漂浮的那"玉璧小姐"的胳膊腿脚，忽然变成了一朵一朵的粉莲花，盛开在河里。

原来，这三天刘伯温在密室就是在造一个玉璧小姐的分身。他要了玉璧小姐三缕头发、穿过的内衣外衣鞋袜、掉下来的乳牙，以及好多正在盛开的大朵荷花和莲藕，运用太乙仙师移魂造人大法，让玉璧小姐沉睡三天，把她的魂魄凝聚在分身上，这样，出现在众人面前的玉璧小姐的分身，几乎与本人一模一样。因为那泥龙神功将成，如果不是这样，压根骗不了它。至于那奇香，正是宇内奇药"困龙散"。当这边玉璧小姐的分身化成朵朵荷花，躺在家里床上的真小姐也就睁开了眼睛。

刘伯温担心这泥龙神功将成，要想长久镇住它，光这样用锁链锁着还不是个万全之计，于是，他妙手一挥，那条锁链竟变成了一座三孔石桥，把泥龙牢牢地压在下面。他说，只要石桥上经常有人行走，那泥龙就永世不能脱身。为了万无一失，刘伯温又作法把龙的舌头拉了出来，在桥头点化成一座庙宇，这样，这条泥龙的嘴巴就永远不能合上，那它就永无再修道的可能。

就这样，那泥龙被永远锁在了前腰泾，终究没能修成正果。后来，朱元璋在刘伯温的辅助下，在洪武元年（1368）于南京称帝，国号大明，年号洪武。虽然主公已经登基为帝，刘伯温仍然密切关注枫泾鲁家的玉璧小姐，时常派人访查。

说来有趣，自从泥龙被锁之后，玉璧小姐竟然像换了个人似的，扔掉了所有男装衣衫，每天打扮得妩媚娇柔，在闺房学习琴棋书画，针线女工，容貌也越来越温婉秀丽。后来，她盛装出嫁给了枫泾镇上一个英俊公子，婚后，夫妻琴瑟和谐，举案齐眉。玉璧小姐生儿育女，相夫教子，成了一个有名的好媳妇。

情断显志坟

　　杭州湾畔从来富庶甲天下，这儿的人们生活富足安逸，文风醇厚，礼仪规矩更是冠绝天下。

　　在杭州湾畔住着一位远近闻名的财主叫陆显志。他家有良田千顷，牛羊万匹，可以讲是富甲一方。

　　陆显志虽然家大业大，却只生了一个女儿，芳名月英。月英小姐自幼聪明伶俐，才貌双全。陆显志视其如掌上明珠，十分宠爱，但管教却非常严厉。他专门为女儿造了一幢走马堂楼，要女儿终年在楼上吟诗习字，操琴绣花，绝不允许下楼一步。平时，只有一位老妈子能与小姐接触。他曾对外夸耀说，就连雄苍蝇也难以飞进小姐闺房，更不要说其他闲杂人员了。

　　大财主陆显志为什么对女儿的管教如此严厉呢？这里有个

原因。

原来，这陆显志是理学门徒，向来尊奉程颐的"饿死事小，失节事大"学说。他不光是这样说的，也是这样做的，尤其严于律己。在他们陆氏一门，陆显志家业大，读书多，又是族长，在族里说一不二。十几年前，陆显志的一个族叔生病死了，寡婶带着一个5岁的男孩，清苦孤寂的日子过久了，难免生出了再嫁的念头。消息传到陆显志的耳朵里，他可急坏了。怎么办呢？几十年来他的族里没出过嫁二夫的女人，他刚接任族长，就发生妇人再嫁的丑闻，岂不是他的罪过！

陆显志想来想去，吩咐族里的女眷去劝说寡婶，千万不要做那伤风败俗的勾当，可寡婶表面顺从，暗地里还是没忍住，和一个游方和尚有了私情，那和尚偏又出去炫耀，事情传扬开去，犯了陆氏族人的众怒，族长陆显志更是气得牙根都疼。几个长老一商量，派专人盯着这一对狗男女，终于等到一个月黑风高之夜，带族人抓了那寡婶与和尚的奸。

事实俱在，寡婶也没话好说，被族长陆显志定了"沉塘"之罪。母子两个生离死别之际，哭娘唤儿，极其凄惨，可为了维护家族荣誉，杀鸡儆猴，陆显志只得狠心到底。

这件事之后，偌大的陆家族人无不胆寒，那些轻浮的族中妇人也都安分了起来。陆显志又不断告诫族中男子，管教好家里的女人，切莫做那败坏门风的丑事。因此，对他自己唯一的女儿，他一方面爱如掌上之珠，另一方面，礼教大防上的管教更是严格到了苛刻的程度。

陆显志万万没有想到，他这样严防死守，女儿还是出了事。

那天深夜，陆府里的主奴早已进入梦乡，突然，后花园方向传来一阵喧嚷，还夹杂着女人的哭声。陆显志被惊醒了，恰好家人陆芳来报，却支支吾吾不肯说出了何事，只是一个劲儿让老爷赶紧过去看看，到那儿就知道了。

陆显志披上外衣，跟着陆芳忐忑不安地来到后花园，见到凉亭周围有不少拿着火把的村民，正围着女儿的闺房。在楼下，有一个眉清目秀的书生瑟瑟发抖，书生衣着整齐，脸色苍白。

陆显志的心猛地一沉，产生了可怕的预感。众人见他过来了，一起涌过来七嘴八舌地嚷嚷。陆显志很快听懂了，女儿和这书生有奸情，深夜私会，被族人察觉，鑫夜捉奸，虽然没有捉奸在床，可这书生下楼离开时被众人堵在了绣楼门口。众人还交出了他们刚刚搜出来的证物，一块绣着龙凤图案的缎帕，缎帕一角绣着女儿的小名：月英。

陆显志拿着手帕的手在簌簌发抖，只觉得双腿发软，天旋地转。听族人报告说，这一对狗男女是在郊外春游踏青时看对眼的，男的偷偷跟踪月英小姐的小轿到了陆府门外，半夜翻墙进来私会，这已经是第三次进园来了。

见陆显志全身发抖默不作声，有带头的族人逼问道："族叔，您一向教导子侄读圣训，做正人，男子需行为端方，女子需谨遵妇道。现在您家大小姐未婚偷人，您怎么说？"

这几句话每个字都像一根针，狠狠地扎在陆显志的心上。他抹了一把头上的冷汗，咬着牙说："王子犯法与庶民同罪，就算是我陆显志本人立身不正，德行有亏，也要赏罚分明，何况是这贱人！陆某自会给父老乡亲一个交代，至于这个奸夫……"

陆显志正在考虑怎么处治书生合适，有一个人惊叫起来："哎呀，这不是王阁老家的孙公子吗？啧啧啧，真是家门不幸，王阁老竟有这等不孝儿孙！"

原来就在大孤山附近，隐居着一个告老还乡的王阁老，乃是世代书香豪门。这书生正是王阁老唯一的孙儿，真如掌上珍珠一般金贵。

这下难办了，王阁老何等身份，他的孙子怎么好随意惩戒呢？陆显志心里抱怨不迭，这样年龄相貌都相当的一对璧人，既然彼此有心，为什么不干干脆脆上门提亲呢？也省了今日出乖露丑，贻羞全族！

陆显志左思右想，到底不敢得罪王家，只得甩了王公子几个耳光，怒骂几句"不肖子孙，要能考上个功名，也不失为一段奇缘，世上哪有你这种圣人门徒！"骂完了，把他轰出门去。那王公子料想不到竟能逃过一劫，只得落荒而逃。

家丑不可外扬，陆氏族人自然也不会张扬本族的丑闻，但家法不能不依，否则何以堵塞众人悠悠之口？陆显志自然知道，自己这些年也得罪了不少族人，否则女儿后花园幽会三次，怎么就会被人捉了奸呢？肯定有人在暗中盯着自家。

按照陆家祖传家法，待字闺中的小姐做出有辱门庭的丑事，必须处死。陆显志在房间里闷了三天，深知这场大祸躲不过去，于是万般无奈地公告全族，同意处死女儿，只是要亲手置她于死地，总归是下不得手，他已经想出一个两全之策。

他命令家人陆芳带人连夜修建了一个上圆下方的大石屋，石屋外部像一口扣着的巨大铁锅，远远看去就是一座石坟的模样，然后他当着全族人的面，亲手把女儿推入石屋，含泪说道："你自己触犯了家法，我本应亲手杀了你，作为对全族的一个交代。但为父年近六旬，只有你这一个女儿，也确实下不了手。所以，只能造了这所石屋作为你的居所，你在这里面修仙吧。盼女儿来世不再胡行乱作，做一个三贞九烈的贞节妇人。"说完，他退出石屋，叫陆芳带人封死了唯一的出口。

一晃三年过去了，石屋之内悄无声息，那封条没被人开启过，这石屋也逐渐被人当作是一座石坟看待。

这一天，陆家门前突然热闹起来，一队鼓乐手突然吹吹打打来到陆家大门前。陆家的仆人都跑出去看，也不知道发生了什么事，急忙报给老爷。陆显志慢吞吞出了大门，鼓乐手吹打得更加卖力了，很多路人都跑过来围观。这时，一顶四人抬的红呢大轿停在了陆家门前，鼓乐吹打立刻停止，轿帘一掀，从轿中走下一位头顶紫冠，腰缠玉带，足蹬朝靴的青年男子。只见他面如冠玉，神采飞扬，穿戴打扮竟然是当朝状元郎的品级。所有人一片惊呼，陆志显当时就看呆了——这不是当年和女儿私下传情的那位王家公子吗？

原来，这王家公子不仅天赋聪颖，也是个有志向的才子，当年和陆家小姐私订终身，被人捉奸成功当众凌辱，又吃了毛脚岳父的两记耳光，尤其是陆显志临别那句话对他触动极大，回去后他发愤读书，头悬梁，锥刺股，三年之后终于得中状元，这是回乡夸官来着。回乡第一件要做的大事，就是摆齐了全副仪仗亲自前来提亲。

此时围观的人越来越多，陆家门前熙熙攘攘如同闹市，有人认出新科状元郎就是从前私通陆家小姐的王公子，不无遗憾地咂嘴说道："可惜，可惜！这陆家小姐葬进石坟，好好的一个状元夫人飞了，状元岳父也当不成了！"

王公子就住在不远的孤山，当然早就知道陆显志家石坟的典故，不过他心里有数，知道陆显志对这独生女爱如性命，所谓的石坟不过是权宜之计，临别时的一句话更是大有深意，所以压根不相信陆小姐真的早已成为孤魂野鬼。

陆显志搀起王公子，拈须哈哈大笑："贤婿无需多礼，快快请起，快快请起！你能够奋发图强，考中状元，真乃文曲星在世，也不枉老夫一片苦心！既是星君转世，看中我小女，此乃陆姓全族人之福啊，实是一段佳话！天意如此，天意如此！当年之事再也休提，还望贤婿不要怪罪老夫当年得罪啊！贤婿请进，我这就交给你一个德容言功俱全的状元夫人！"

围观众人十分讶异，月英小姐关进石屋已整整三年，此刻恐怕早已成为白骨，陆显志拿什么还给王公子呢？众人一股脑跟着王公子涌进陆家大宅，陆显志洋洋得意揭开石屋封条，唤来家人凿开被泥石封死的入口，高呼一声："女儿，你的状元郎接你了！"

原来，陆显志当初造的石屋有上下二层，明里石屋造得像个光秃秃的坟墓，里面空荡荡一无所有，其实下面还有个阔大的地下室，里面他安放了衣服、床铺、被褥、锅、盆、碗、筷，并放了七大缸清水、七大缸大米、七大缸油盐柴炭、七大缸咸蛋、七大缸皮蛋、七大缸咸鱼、七大缸咸肉，足够小姐在里面生活一辈子的。石屋的上一层还开了暗孔，可以保证里面的空气流通。现在状元郎亲自来提亲，原来伤风败俗的丑事现在成了光耀门楣的大喜事，女儿也可以重见天日，父女团圆，陆显志能不高兴得哈哈大笑吗？

石门掘开，众人冲了进去，立刻都齐齐收住了脚，作声不得，陆显志和王公子"啊呀"一声，双双跌倒在地上。

见那石屋正中，只有一堆被绫罗绸缎包裹的白骨。人们还记得，这正是三年前，月英小姐被推进石屋时穿的衣裙。

众人救醒陆显志，他嚎啕大哭，怎么也想不到石屋里面一应俱全，而女儿却还是命归黄泉。哭过一阵，他跌跌撞撞地来到地下室，见七七四十九缸东西全部完好无缺，没有动过一点点儿。他再仔细一找，猛然发现室内万物俱全，独缺一件至关重要的物事。是什么东西？火种。

不对啊，他明明告诉陆芳，在里面留下火种和柴炭，哪里去了呢？

那陆芳见此不由得哈哈狂笑，笑罢说道："哈哈！当初你如此安排，我就知道你居心不轨，别家的女人犯错你可给过生机？你自己的女儿凭什么就可以活命？是我藏起了全部柴炭，这三年来我日夜盼望这一刻的来到，就是想让你这老匹夫也尝尝亲人死别的滋味！"

那陆芳说完，一头撞在石墙之上，当即毙命。这时陆显志和其他族人才恍然大悟，想起来这陆芳的母亲正是那位被陆显志沉塘的族婶。5 岁的他父母双亡，在族亲家里长大成人，受尽了寄人篱下的凄惶。他把一切仇恨都埋在心底，没有人知道他还记得母子当年分离时的惨状。在他成年后，因为陆显志家需要一个人帮着管家，他就进了陆府帮忙，他平时十分恭顺，办事得力，陆显志压根就没起过丝毫疑心。他时刻注意陆小姐的动向，陆小姐和王公子幽会的事儿，就是他偷偷通报给族人的。

　　一往情深的状元郎看到魂牵梦挂的心上人变成了一堆白骨，也一头撞死在石壁上。而陆显志呢，心里的滋味实在难以形容，他猛地喷出一口鲜血，栽倒在石屋内，喘息着说出一句："我罪孽深重，就把我和女儿葬在这里吧"。

　　从此这座状如坟墓的大石屋，就成了真正的坟墓。

　　后来，当地人把这石屋就叫做显志坟。

「苦啊鸟」的由来

　　枫泾镇地处吴根越角，自古以来就很富庶，民风也古拙淳朴，人们多乐善好施，可是凡事都有例外。外地来枫泾的朋友会发觉，这里多见一种全身乌黑、与鸽子差不多大的鸟，喜欢在芦苇丛中、茭白秧中做窠。那鸟学名叫夜露，可是，因为它叫起来的声音很像枫泾方言"苦啊、苦啊"，所以，枫泾人都把这种鸟叫做苦啊鸟。苦啊鸟的名称来历可不仅仅是因为叫声像，更主要的是在当地有一个关于它的传说故事。

　　在很久很久以前，枫泾镇有一户三口之家，姓张，父母都已经五十多了，膝下只有一个独生儿子张宝。这儿子先天胎里弱，高高的个子，瘦得像竹竿，从小多病多灾的，银子流水一样送进了药铺，却始终没怎么治好。那时候都实行定娃娃亲，因为张宝从小体弱多病，他老爹老娘为人又比较吝啬，媒婆都不愿意登他家的门槛，也没有哪个有女孩的人家愿意和他们结亲。就这样，张宝眼看就到了16岁，还没有定亲，这成了爹娘一块大心病。

这一天，枫泾镇来了逃难的父女俩。父亲有五十多岁，小女孩才七八岁的样子，大大的眼睛，高高的鼻梁，虽然很瘦弱，却看得出来，是个美人胚子。他们是从中原逃难过来的，家乡闹旱灾，赤地千里，遍地饿殍。一路之上，父女俩风餐露宿，饥一顿饱一顿，到了枫泾地界，那老爹就病倒了。女儿扶着老爹，勉强走到镇上，在一座破庙里安了家。女孩小名叫夜露，每天走街串巷要点剩饭菜给老爹吃。这一天，老爹眼看就不行了，告诉夜露，他死了以后，如果有人肯收留她，别到处流浪了，当童养媳还是当丫头，都行。说完挣扎着把怀里一张纸给夜露，上面写着她的生辰八字，然后就咽了气。

夜露哭哭啼啼，跪在街头卖身葬父，好多围观的人都在叹息这孩子的遭遇，也有好心人扔点儿钱给她，让夜露买口薄皮棺材葬了父亲。正在这时，张老汉和张老太走过来，围观看了一会热闹，又把夜露的八字拿过去看，张老汉抬起头眼望天空，默默合计了一下，说道："这个小姑娘，要是你不嫌弃，我愿意收养你到我家，长大了就给我儿子当媳妇。你爹的后事，就交给我来操办，你看可好？"围观人一看吝啬的张老汉居然变得如此大方，都很惊讶。夜露一听，正是求之不得，于是趴在张老汉夫妻的脚下，使劲儿叩了三个头，呜咽着喊了出来："爹、娘"。

张老太的脸立刻拉长了，老汉不经过她的同意，不和她商量，私下就定下了这么重大的事，这还了得！她自己气愤愤回家去了。张老汉告诉夜露不用理她，开始忙着操办夜露她爹的丧事。薄皮棺材和粗布的装裹花费不多，何况夜露手里已经有了一些大家给的钱，丧事很快就办完了。

张老汉领着夜露回到家，让她到厨房去吃饭，这才和老婆说："别看小丫头长得又黑又瘦，细看她的五官，倒是个美人胚子，长大了模样差不了。而且八字和咱家小宝是六合。咱的小宝四肢不勤五谷不分，是个病秧子，这镇上哪家姑娘肯许给咱们家的！还不如找个苦出身的，以后让她往东不敢往西，怎么使唤也没娘家人找上门闹，又省下一大笔聘礼钱，多好的美事！"其实最后一条才是重要的！张太太听了，这才破涕为笑，转怒为喜，夸奖老头子有心眼儿。

就这样，夜露成了张家的童养媳，那一年才8岁，可是已经承担了全家一大半家务。每天天不亮她就得起床，给全家人烧饭做菜。那一家三口吃完以后，剩下干的她吃干的，剩下稀的她喝稀的，不剩她就饿着，常年饥一顿饱一顿。除了做饭、洗衣服、打扫卫生，夜露还要去田里种菜，跟张老汉去城里赶市，还要养蚕织布……全枫泾镇的人都看不过去，叹息这孩子的命真是比黄连都苦。

夜露进门以后，张宝的身体奇迹般地好了，身材变得又高又壮，脸色也润泽光亮了。这样一来，英俊的他和黑瘦黑瘦的夜露相比，看着十分不配。张老汉夫妻也发现了，都开始后悔起来，早知道儿子变得这么健康漂亮，到哪也不愁找个财主家的小姐当媳妇啊，还用在路边捡个逃荒的孤儿当童养媳？这样一想，看夜露就更不顺眼，每天除了让她干更多的活，还非打即骂。他们一家三口吃剩下的饭菜，也都计上数，哪怕是喂猫喂狗，也不肯让夜露多吃一口。

转眼张宝已经20岁，看着12岁的夜露一时半会不能圆房难免着急，埋怨父母给他定了这么一桩糟心的婚事。这一天，张老汉夫妻俩出了远门，要好多天才能回来，夜露比平时更忙。正好枫泾镇上赶庙会，夜露带着自己织的布和绣品活计去庙会卖，东西都卖完的时候听到一个熟悉的口音说道："小姑娘，我口渴了，你带的水能给我喝一口吗？"说的竟然是夜露的乡音！夜露十分激动，一抬头，见面前站着一个美貌姑娘，她急忙把自己带的竹筒拿给姑娘。姑娘喝了一口水，也发现了夜露和自己是老乡，于是攀谈起来。原来这姑娘叫柳嫚，举家新搬到离枫泾镇不远的后村，独自出来逛庙会，和伙伴们走散了。

夜露一听柳嫚回家路过自己村，就拉着她的手一起结伴而行，到了家，她依依不舍地和柳嫚分手，让她有空过来看望自己，这些天张老汉夫妻不在家，夜露才敢仗着胆子邀请朋友。因为在张家的非人待遇，自己孤苦伶仃的，难得有个伙伴说几句话。此刻夜露见了柳嫚就像见了亲人一样，这么一会儿的功夫，已经难舍难分。

几天以后，夜露正在家里织布，忽然有人敲门，原来柳嫚真的来找夜露玩了！夜露激动极了，急忙拉着柳嫚的手往屋子里让，耳边却响起一声呵斥："爹娘不在家，你把什么人都往家里招揽，就图贪玩，是不是？"柳嫚惊讶地一回头，身后站着一个高大英俊的青年，两人一照面，都愣住了。夜露吓坏了，急忙向张宝求情，求他答应让柳嫚在家里坐一会。张宝痴痴地盯着柳嫚的脸蛋，忙不迭答应，还拿出很多水果点心招待柳嫚，那都是夜露平时想都不敢想的呀！

柳嫚在张家待到很晚才走，第二天、第三天，她都来张家玩，虽然她到张家都是和张宝说话聊天，可夜露还是很开心，觉得这是来张家以后最快乐的日子。

张老汉夫妻回家以后，看见家里的点心少了好多，以为是夜露偷吃的，拿起鞭子就要惩罚她，张宝第一次帮着夜露说话，同时他也提出，他看中了后村的柳嫚姑娘，让父母去给他提亲。张老汉夫妻吃了一惊，儿子都订婚了，怎么又要提亲？

张宝把和柳嫚交往的经过说了一遍，一边表示，这辈子非柳嫚不娶，至于夜露，长大了可以给他做小妾，也可以退了婚嫁给别人家，还能收一笔聘礼呢！张老汉夫妻看待儿子像掌上珍珠一样，哪敢不答应他！何况他说的也很有道理，于是选了一个良辰吉日，央了一个媒婆，去向后村柳家提亲了。张宝人高马大，张家有屋有田，柳家是外来户，也不知道张家的名声那么差，当然心满意足，他们可不知道，张家还有个童养媳呢！

没多久，柳嫚就嫁了过来，和张宝两口子好得蜜里调油，成天黏在一起不分开。这一切，从没人和夜露解释一句什么，夜露也没觉得难过，她沉浸在多了一个老乡姐姐的喜悦之中，每天都尽心尽力地伺候全家人，活计比从前还多了许多。

柳嫚进门以后没多久就怀了身孕，这可把张家人高兴坏了，每天全家人围着这个媳妇忙活。

这一天，柳嫚突然嚷着肚子痛，疼得全身出汗，满地打滚。一家人吓坏了，请医生开药，怎么都治不好。最后，请来了一个神婆，瞎捣了一阵后说，媳妇这是被人诅咒了，让他们到处找找，看能不能找到纸扎的小人。这一下一家人都黄了脸，赶紧到处翻，竟然在夜露的枕头下翻出了一个纸扎小人，上面写着柳嫚的名字和生辰八字，小人挺着大肚子，肚子上扎了好多根针！

夜露吓傻了，连句辩解的话都说不出。张家人气得要疯掉了，张宝先把夜露踹翻在地狠抽了一顿鞭子。夜露被打得半死不活，哭泣着说自己没干这事，也压根都不懂这些，她也不会写字呀。柳嫚也哭着说："都是我不好，我嫁进来才知道夜露才是原配夫人，是我的错！我情愿当个小老婆，只求让孩子平平安安生下来，这可是张家的根苗啊！"

张宝一听，更加恼怒，把夜露关在仓房里，几天都不给水喝不给饭吃。

这一天是中元节，张老汉一家四口去庙里烧香祈福，临走时放出了奄奄一息的夜露，指着地上好多没刮皮的芋艿，让她剁完猪草以后把这些芋艿煮熟，严令不许偷吃，要是偷吃了一个，就打她半死。夜露虚弱得几乎不能站立，只得有气无力地答应。

夜露气喘吁吁地干完了所有家务，洗干净芋艿，放到大锅里煮起来。芋艿就要煮熟了，香味飘了出来。夜露闻着香味，想起来今天是中元节，自己应该给饿死的老爹上点供，他死了以后，还从来没在哪个年节祭拜过呢。

这个念头一起来，夜露再也忍不住，掀开锅盖，捞出了一个芋艿，这芋艿太热了，她拿出来以后烫的不行，赶紧用嘴吹。就在这时，她听见窗外传来了公婆的声音，不好了，他们提前回来了！夜露吓得半死，如果给他们看见自己偷了个芋艿，还不知下怎样的狠手呢。呆了一呆她突然把芋艿塞进了嘴里，她想在他们进屋之前把芋艿吞到肚里，可是这芋艿个头不小，又实在太烫，一下卡在她的喉咙里，吐不出，也咽不下，又太烫，夜露的眼泪流了出来，使劲儿挣了几挣，"扑通"一下倒在了地上，竟活活烫死了。

张老汉夫妻走进厨房，见灶台上揭开着锅，锅里是煮熟的芋艿，夜露趴在地上，一动不动。他们认准了她在偷吃芋艿，于是一把抓住夜露的头发，"啪啪"就是两个耳光，随着一股酸水，从夜露口中滚出了一个没剥去皮的芋艿。再一看，夜露早已脸色发紫没了气息。

突然，那刚从夜露嘴巴中敲打出来的没剥皮的芋艿，居然自己滚动起来，一边滚一边竟然长出了两只翅膀，最后扑棱棱飞了起来，只听一声凄凉的"苦啊"鸣叫，展翅飞了出去。

亲眼看见夜露口中的芋艿变成了一只黑色的小鸟，发出"苦啊苦啊"的叫声飞了出去，柳嫚的脸吓得变了色，她突然跪在地上，声嘶力竭地吼道："夜露，是我不好，是我自己剪的纸人。我看你越长越好看，担心你长大夺了我的地位，我故意陷害你的！"说完，她疯疯癫癫跑了出去，从此就变成了一个疯子。

夜露的事儿很快就在村里传遍了，村里人都在痛骂张家人丧尽天良。

这一天，张老汉夫妻俩在河埠上洗衣，只见一只黑色的小鸟在他们的头顶飞来飞去，叫着"苦啊、苦啊"。他们恼火极了，拾起地上的石子使劲追打，可是，那小鸟非但没有被赶走，突然，空中出现了成千上万只相同的小鸟，无一例外，都冲着他们大叫"苦啊、苦啊"，夫妻俩心慌意乱，光顾着对付头顶的小鸟，一脚踩空，只听"扑通扑通"两声，夫妻俩同时落入河中，扑腾了几下就再也不见踪影了。

从此以后，枫泾地区的人，一听到夜露鸟"苦啊、苦啊"的叫声，总会不由自主地叹息一声，这就是童养媳变的苦啊鸟。可怜的夜露，可怜的童养媳！

抢粮风涌黄泥浜

　　新义村南边有个黄泥浜，很久以前有个姓龚的大户人家。家有良田千顷，富甲一方。到现在还流传着这样两句话，叫"前有楼堂后有园，铜钿银钱用不完"。

　　相传在大明嘉靖年间，龚家当家人叫龚九如。他精明强干，善于经营，还修建了富丽堂皇的龚家大宅。大宅三面环水，水渠边缘都打下了固定堤坝的硬木桩，像护城河一样壁垒森严。龚九如的儿子叫龚逊，20岁考中举人后，就到了杭州府衙当差。

　　这一年春起，江南闹起了大旱灾，到了六月，竟是满眼绝收的迹象。当地人都心焦如焚，却无计可施。眼见这一年必将颗粒无收，但龚家一点也不急。为什么？因为他家里还存有几

大囤的粮食。现在这情形，龚九如反而暗自高兴，心想粮食涨价，他正好可以大赚一把，积点银两也好为儿子买个肥缺。

但是，面对越来越严重的饥荒，很多饥民说饿死不如犯法，聚集起来抢大户的恶性事件时有发生。龚九如看到这种情形，先是雇人掘深了呈半包围圈住庄园三面的河道，又四处求购木桩，把从前木桩之间的空隙都堵满了。一面临街的大墙也被加高、加固，墙上密布箭孔，派心腹家丁日夜巡视。这样装备下来，龚家大宅可说是固若金汤。

到了八月，仍然是滴雨未下，河里的水越来越浅，有些地方河床都见了底。那些用来加固堤岸的木桩几乎完全裸露在外。龚九如觉得这些高大木桩就是一道完善的屏障，所以胸有成竹，高枕无忧。

这一天是龚老夫人七十大寿，龚家大宅热闹非凡，每个人都喝了很多酒。夜深了，人们正在沉沉入睡。突然，院子外传来乱糟糟的声响，龚九如惊醒后爬起来一看，不好了，大院南面的围墙被砸个大洞，无数的蒙面人从大洞里涌了进来，直奔大院后面后花园的假山前。

龚九如心想，坏了，他怕满囤的粮食太扎眼，早就安排心腹家丁趁深夜把粮食藏到了假山下的地洞里。可是饥民们却目标明确，一进来就直扑假山，看来是有人在通风报信，做了内鬼！

一帮蒙面人冲进粮库，背的背，扛的扛，一会儿大批存粮就被劫掠一空。

　　龚九如气得是捶胸顿足，可看到发了疯似的众人，一点办法也没有，好不容易让家丁聚集起来，才截住了一个年老的抢粮者。龚九如决定好好审他一审，试图从他这儿找到强盗的老窝，抓出内鬼。

　　可这老人挺有骨气，任凭龚家怎样打骂，始终不吐一字。没办法，只能先把他关了起来，准备天亮后送官。

　　第二天一大早，龚九如才看见，南墙外的木桩被拔掉一大块，露出缺口，那些抢粮人都是从缺口处蹚水过来的。持续干旱，河水已经落下一多半，估计只到人的胸部，蹚水过来不算难事。

　　就在这时，龚家的大门突然被拍响，原来是儿子龚逊回来了。龚九如看见儿子，昨晚的惊惧打击一起涌上心头，抓着儿子老泪横流，口口声声让他去给县令下帖，必须严刑拷打那个抓住的盗匪，揪出余党。同时吩咐家丁尽快补足固岸木桩，加高院墙，以防再次被袭。

　　龚逊听说抓住了一个抢粮的，说要单独去见上一见。过了好半天，他手里牵着一个人走了出来。那个人衣衫褴褛，身上有不少滴血的伤口。龚九如大吃一惊，这不是昨晚抓住的强盗吗？

只见龚逊恭恭敬敬让那人端坐在正位之上，自己在下面躬身拜了三拜。

这下把龚九如看傻了，张口结舌半天，问道："儿啊，你跪拜这个强盗？他是什么人？有后台吗？"

龚逊吩咐下人把那人带下去给他点吃的，再找郎中给他治伤，转过头对一头雾水的父亲说："杭州也在闹饥荒。就在前天，余杭的一个囤积居奇的大富之家，被饥民攻入，所有粮食细软被抢个精光，那富家拼命反抗，惹恼了饥民，全家被杀个干净，鸡犬不留。"

龚九如听后直冒冷汗，哆嗦着问："明火执仗抢劫大户，他们可知天下还有王法？我大明律就不管吗？"

龚逊摇头说道："事件发生是深夜，千百个饥民一起犯的案，不等天亮就全跑掉了。衙役们去验尸捉拿人犯，哪有踪迹可寻？况且法不责众，不要说是劫杀一户人家，饥民饿急了连朝廷都敢反！陈胜吴广汉高祖等造反之事，都因灾荒和朝廷无道引发，又哪里去行使法规呢？昨晚的强人只抢光了咱家的粮米，却没伤害一条人命。难道儿子不该拜谢他们手下留情吗？"

龚九如似乎醒悟到了什么，擦了一把额头的汗水。龚逊又告诉父亲，朝廷已经派钦差大人下来放赈。并下令富裕之家，灾荒之年，应解民倒悬，为国分忧。梦想发灾难财的奸商，严惩不贷。

龚九如老脸飞红，喃喃地辩解说："我不也是为了发一笔横财，为你买个更好的官差啊。"

龚逊摇摇头说："如果我的官位是家乡老百姓一具具饿殍换来的，第一，这官当得不会安生；第二，就算真的升官了，这官也必定当不长远。所以，不升也罢！"

这句话音一落，堂前的家丁们你看看我，我看看你，突然有三个家丁扑地跪了下来，磕头不止。龚九如已经隐约猜到了什么，叫他们有话起来说。

果然，一个家丁说："老爷，少爷，把我们送交官府吧。昨晚的那些强盗，其实都是附近的灾民装扮的，是我们给通的风、报的信，趁着老夫人生日热闹，拔掉了木桩，蹚水翻墙进来的。虽然我们在龚家大院里吃饱喝足，可是我们的家人都在挨饿，还有亲戚，朋友，邻居们都没饭吃，每天都有人在死去……我们看不下去啊！"

其余的家丁也都跪下来，口称他们虽然并不知情，昨晚抵御时却没尽全力，因为他们发觉有些强人似曾相识。

龚九如的脸像猪肝一样红。突然，他大声说："都起来吧，既往不咎。我手头还有不少浮财，都分发给灾民吧。加固堤坝，加高院墙，也都不需要了。和乡亲共同度过灾荒年，这才是为人之道！"

龚逊欣慰地笑了，父亲终于想通了这一节，他返乡的目的就达到了。

半月后，朝廷的赈灾钦差也到了，天也连下了几场透雨，旱情得到缓解。县令把龚家的义举上报朝廷，朝廷颁发了一块"积善之家"的牌匾，龚逊的仕途也一路平坦通畅，父子都得善终。

至于黄泥浜河道的固岸木桩，因为木质坚硬，年深月久仍没有腐烂。直到近年，还有人在河道里挖出好多木桩，用来打木桶、盖房子，还很结实耐用呢。

谢天官千里回故园

　　相传在元朝时，枫泾镇有一个很有名的私家花园，因为花园的主人是一个姓李的老翁，所以人们都称它为李公园。这园虽然面积不是很大，但极为精致。里面布满了奇花异草，怪石名木。因此，不但附近的人都知道这个花园，而且连京城的大元仁宗皇帝也有所耳闻。

　　当时，枫泾镇上有一个在京城供职的大官，名叫谢登峰，他官居礼部天官之职，所以，人们都称他为谢天官。谢天官不但官居高位，而且深得皇帝器重，什么事都喜欢向他询问。元代，科考很少，幸好仁宗皇帝对汉学的儒家文化比较有兴趣，所以倒是开了几次科举。当时的蒙古大臣绝大多数不通汉文，因此每次京城大考，都是由汉臣主持，谢登峰自然就成了文科考场的主考官。

　　谢天官虽然仕途通达，但总有一个遗憾，在大元历代的科举考试中至今没有一位家乡枫泾的考生中状元，所以，每次回归故里，他总是反复叮嘱枫泾学子发愤读书，希望有朝一日能看到家乡学子荣登状元龙榜。他还拿出俸银，在家乡修建义学，鼓励寒门子弟也要多读书。

　　这年秋天，一个名叫蔡雄才的枫泾学子，通过三场考试，最终脱颖而出，被皇上钦点为头名状元。谢天官非常高兴，亲自带上蔡状元去叩见圣上。当皇上得知新科状元来自江南枫泾后，随即问道："蔡爱卿，这蚕有几只脚？"蔡状元十年寒窗苦读，可以说是才高八斗，满腹经纶，但秉性木讷，不善言词，说得过一点，是个书呆子，加上初次叩见皇上，心中不免诚惶诚恐，因此，一听皇上问蚕有几只脚时，他不得细想，随口答道："启奏万岁，船有一橹一篙。"皇上一听，觉得这个蔡状元答非所问，自己明明问的是蚕，状元答的却是船，即便是船，也有双橹双篙的呀。

　　皇帝又问道："那你说说你们江南的鸡有几只脚啊？""启奏万岁，鸡有两只脚。"蔡状元答道。此时，谢天官在一旁急得冷汗直冒，他深知皇上的秉性，这鸡岂止是鸡鸭的鸡，皇上之所以问你们江南的鸡，一定是指田鸡，那怎么会是两只脚呢？

　　果然，皇上开始面露不悦了，他盯着蔡状元又问："听说你来自枫泾，你们枫泾的李公园不知可好？"当时，枫泾确实有一个叫李公园的读书人，不过早在几年前就死了，蔡状元一听皇上问起李公园，心想皇上确实了得，他远在京城，连枫泾一个草民的名字都知道，于是向上叩了一个头说："皇上圣明，李公园早已亡故。"皇上一听，当时就是一呆。谢天官一见心里直叫苦，皇上问的明明是花园李公园，这花园怎么会死呢？他知道这样下去要坏大事，不要说这蔡雄才状元做不成，小命也要难保，弄不好还要连累他这个主考官。所以他眉头一皱，想给状元补一补"漏洞"。

谢天官上前一步，叩首说："启奏万岁，状元公说的李公园已经亡故，就是说这个花园中的树木花草已经全部枯萎，不再复活了。在我们江南家乡，士人习惯讲话含蓄，都是这样行文的。"

蔡状元的漏洞总算给谢天官补上了，可谢天官却惹下了更大的祸事，甚至可以说犯下了欺君之罪，抄灭满门都不奇怪。尤其最要紧的，是谢天官在朝中有一个大对头，时刻在盯牢他的漏洞，等待弹劾。

这个大对头叫打鲁花哈，官拜上将军，是个武将。当时满朝文武大臣分汉人和蒙古人两个阵营，汉人大臣式微，被蒙古大臣欺凌是常态，没有人敢对抗。偏偏到了仁宗执政，因为对汉文化的喜爱，对汉人大臣也比较优待，这引起了蒙古大臣的强烈不满，尤其是这个打鲁花哈，一向视汉人为贱民，和他们同朝为官一殿称臣已经令他十分反感，如谢登峰这样的汉臣还得到皇帝的赏识和器重，更加怨愤。

此刻打鲁花哈听罢谢登峰的话，冷笑一声奏道："皇上，臣上月去边境巡防，路过江南，还去那李公园游玩过，真是个好地方啊，树木蓊郁，花开不败，哪有什么公园亡故一说？这谢登峰妖言惑众，存心欺骗圣上，必须严惩！"

这番话直把谢天官吓出了一身冷汗。不知道打鲁花哈是真的到过李公园，还是怀疑自己在说谎而加以陷害。他急忙再次跪倒磕头，大声喊冤："皇上，微臣所说句句属实，没有欺瞒圣上啊！"

那打鲁花哈也步步紧迫："你既然口口声声说什么李公园已死，那好，就请圣上下旨，立即着员日夜兼程到那枫泾探查一番，倘若你所说属实，自然无事，否则的话，你可敢承担欺君罔上的罪责？"

仁宗皇帝盯紧谢天官，面对满朝文武，谢天官只得硬着头皮，咬紧牙关说"就依将军所言，请圣上派员查看。"

下得朝来，谢天官可傻了眼，他来不及责怪新科状元的糊涂不明，想怎么才能堵住这个漏洞。这事可不算小，圣上一旦查明自己是在扯谎，只怕自己的三族都不够诛的！

怎么办怎么办怎么办？谢天官在花厅里如一只困兽一般走

来走去，恨不能变一只鸟飞回家乡，把这事周全过去。马上派人快马加鞭赶回去报信？又有什么力量能超过朝廷的？

谢天官站在花厅门口，眼看着残星西斜，夜风劲吹，脑子里还在拼命想着，该怎么逃过这一场迫在眉睫的大祸？风啊，你要能把我的想法带去枫泾多好啊。想着想着，谢天官只觉得身体突然变轻了，竟然随着夜风扶摇直上，他吓呆了，低头一瞧身后，只见花厅已经在自己的脚下，而自己的身体坐倒在椅子上，似乎睡着了！那正在上升的是什么？难道是元神出窍？

谢天官惊骇欲绝，使劲下沉自己的双脚，想回到地面去，却无论如何也做不到，只能越升越高，随着一缕劲风，直向南飘去了。

再说那枫泾李公园的李员外，家世富饶，人丁繁盛，在这枫泾也算名门望族。这一天午夜时分，李员外正在熟睡，卧室的门无风自开，一个穿官服的男人直闯进来，李员外大吃一惊，立刻跳起来呵斥道："你是哪里来的强盗？赶紧滚出去，要不我喊人了！"

那官员不理不睬，继续走近，深深做了一个揖，开口说："李员外，下官谢登峰，有急事请求老员外救我全家性命！"

李员外擦擦眼睛仔细一看，还真是谢登峰！原来两家是邻居，从小就相处不错，前几次谢登峰回乡祭祖，都要和李员外盘桓的，也在这李公园游览过，大加称赏。

李员外赶紧施礼，那谢登峰拉过他说出一番话来，大意就是自己在朝堂之上为了帮助新科状元打掩护，惹下滔天大祸，现在就得麻烦李员外全家赶紧迁走，李公园所有花木俱都毁掉，在他处另外建一所花园。李员外的损失，由谢登峰努力弥补，不知道万两白银可够？

谢登峰一番话说的是声泪俱下，忧惧不已。李员外半信半疑，不由自主就答应了。谢登峰跪倒还礼，李员外赶紧搀扶他起来，连声说："大人请起，小民哪儿受得起这等大礼呀！"不提防被人使劲儿推了一把，有声音在耳边说："老爷醒醒，你魇着了吧？"李员外睁眼一看，自己睡在卧床之上，眼前只有老妻在，哪有什么天官大人！

李员外擦了一把额头的冷汗，以为刚才不过是做了一个梦。他正打算躺倒再睡，却听到老妻惊叫一声："老爷，这是什么？"李员外扭过头，见老妻手里拿着一张印满字的纸。他接过来一看，不由得全身一震，那是一张一万两白银的大额银票！他想起刚才梦中谢登峰一番说辞，难道，竟不是假的？

天亮以后，李员外做出决定，毁掉李公园，搬出枫泾城外再建新园。既然银票在手里，这件事定有蹊跷。谢天官出身枫泾，这些年为桑梓故乡做了不少善事，此事关联到他全家性命，还是宁可信其有吧。

几天以后，仁宗皇帝派来访查的人来到枫泾，找到了李公园，只见眼前一片焦土，处处断壁残垣。来人立即回京奏报，仁宗皇帝召见群臣，说明此事，申斥了打鲁花哈无事生非，温言安慰了谢登峰。

此时，谢登峰正在休息当中。那夜，他得神灵相助长途奔行数千里后返回，过后只觉得全身酸软无力，好多天没有恢复过来呢！

那以后，枫泾镇上的李公园早已"亡故"了。但当时因花园而得名的有一条花园弄却一直延续到现在，而这段"谢天官千里回故园"的故事，不管是真是假，却一直在当地流传着。

僧侣血染白牛荡

新义村三组古时候叫新泾里。离村二里左右有一大片水域，里面生长着很多芦苇。

新泾里住着一户以宰牛为业的人家。男主人叫牛大路，祖祖辈辈以杀牛卖肉为生，传到牛大路这辈儿，他的杀牛技术堪称一绝。只要他走到牛的面前，不用掣出宰牛刀，牛就浑身颤抖，腿软筋麻，跪倒在地不敢反抗。人们都叫他是"牛克星"。

这天下午，牛大路牵着一头母黄牛回到家，把母牛固定在湖边的宰牛桩旁，先进屋子喝了一碗老黄酒，再扎紧衣裳，掣出牛刀，走近了那头老母牛。老母牛恐惧地盯着那把浸染了无数牛血的尖刀，发出悲惨的叫声。牛大路一把抓住牛角，紧接着一脚踹在牛肚子上，他力大无穷，这一下就把牛放倒了。他抓起宰牛刀，正要去割牛脖子，突然一阵急切的"哞哞"声传来，牛大路一回头，见一头半大的白色牛犊疯跑过来，脖子上还拴着半截黄绳头。已经倒地的母牛听到叫声，爬了起来。白牛犊把头靠在老牛的肚皮上，眼泪汪汪看着牛大路。

牛大路明白了，这是老母牛的孩子，主人没看住，挣断绳索跑来找娘的。牛大路冲着小白牛挥舞着宰牛刀吆喝："赶紧滚回你主人家去，再不走，老子连你一起宰！"老母牛明白了他的意思，用头使劲拱着牛犊，让它快走。白牛犊却四蹄扒地不肯走。老母牛急了，张嘴咬它，白牛犊被咬疼了，跑开几步，突然双目流泪，回头跪在了牛大路的面前，不断地以头"砰砰"触地，和人磕头的样子差不多。

很多村人都跑来围观，看到这儿，有的女人流下了眼泪。牛大路天天杀牛，这场面却是第一次见。他心里一动，可这牛买来就是为了宰了卖肉的，不杀它，全家吃什么？

牛大路狠下心肠，让家人把白牛犊赶走。那白牛犊急了，使劲在牛大路的腿上咬了一口。被咬疼的牛大路凶性大发，扬起宰牛刀冲着白牛犊就扎，那老母牛冲过来挡在白牛犊之前，用脖子使劲顶着牛刀的刀刃，急切地盯着牛大路，似乎在求牛大路快点杀死自己。牛大路手一抖，牛刀掉在地上，小白牛低头咬住牛刀又吞又嚼，牛血染红了白牛犊的下巴。

围观的女人哭出声来，牛大路的妻子和孩子都跪在了他的

僧侣无染白牛骑
丁酉杨多富画

面前，哀求他放过这对牛母子。牛大路看看老母牛，看看白牛犊，夺过鲜血斑斑的牛刀，突然用力一扬手，牛刀甩进了近在咫尺的芦苇荡。

老母牛和白牛犊依偎在一起互相舔着对方的眼泪，然后一起给牛大路跪倒磕头，爬起身慢慢走向远方。从这天开始，牛大路只要拿起牛刀，白牛犊满嘴的鲜血就如在眼前，他握刀的手就会抖。最后，他再也拿不起刀，只能放弃了祖辈传下来的杀牛手艺，再后来，他连荤都戒了。一年多后，他自感杀牛无数，罪孽深重，为了赎罪，来到米丈港南岸的太平庵出了家，取法号静悟。当时，这太平庵是方圆百里内最大的寺院，庙里住了一百多个和尚，香火繁盛，庙产丰足。

那对牛母子在新泾里附近游荡，因为人人都知道那震撼人心的故事，所以最贪心的人也不会打它们的主意。几年后，老母牛寿终正寝，静悟把它埋在湖边。那以后，再也没人看到那头长大了的白牛。

一眨眼20年过去了。咸丰三年一月末，太平军前锋李开芳部一路杀过来，势如破竹，村里人人惊慌。

这一天天刚黑，太平庵的庵门被急促地敲响，守门僧人打开门一看，是一个身材高大身穿白衣的年轻人，他急促地说："师父们赶紧快逃，李开芳马上杀过来了！此人年轻时受过和尚的羞辱，立誓见僧杀僧，见佛杀佛。大军所过之处，凡看见光头的都要杀光。他又最仇富，沿途所有富户都被屠戮一空。师父们赶紧逃命吧！"

守门僧人大惊失色，赶紧敲响庵内的大钟，僧人们聚在一起商议，早已升为住持的静悟提议叫全村人集合，说明情况。特别关照要尽快通知村里的首富江城年，因为此人资财无数，妻妾成群，正是太平军斩杀的对象，由于陆路已被太平军封锁，僧人们决定划船走水路逃命。

一百多个僧人跳上一只大船，念着佛号，一路开进了湖心，眼见船越行越远，大家的心里也稍微安定了一些。突然，众僧人惊慌失措地嚷起来，说船里进了水。大家仔细检查，发现船底出现了几个大洞。僧人们惊慌失措，虽然他们多半熟识水性，可这湖里的水有几丈深，湖心处漩涡很多，掉进去怕是凶多吉少。船里的水越来越多，即将沉没，僧人们只得跳进水里。不会水的扑腾几下就被卷进湖底，会水的在静悟的带领下，游向对岸。

大家在湖里游了几个时辰，精疲力竭，终于即将靠岸了，突然，岸边现出火把的长龙，火光中一个长脸将军哈哈狂笑，下令道："瞄准了光头秃驴，给我射！射死一头秃驴，赏银一两！"立刻羽箭如飞蝗般射向湖里，僧人们的血染红了湖水，一具具尸体浮了上来。

静悟的肩膀上也中了一箭，他强忍剧痛游到了岸边。火光照耀下，军士们齐声呼喝，像猫耍耗子一样看着静悟拍掌狂笑。

静悟的身体越来越沉，手臂越来越酸软，他知道自己要死在湖里了。突然，一道白光闪过，眼前出现了一头白色的老牛！

那白牛的脖子上挂着半截金灿灿的绳头，哞哞叫着，伏身在静悟身下，把接近昏迷状态的他驮了起来，在众目睽睽之下，飞离了湖面，冉冉升空。岸上的人惊呆了，不知道谁带的头，所有人齐刷刷跪倒在岸边，一起叩头喊"牛神爷爷现身了，牛神爷爷现身了！"

那杀人魔王李开芳看着白牛飞到天上去，不见了影子，回过头对身后一个穿绸衫的中年人冷笑道："你来给我报信，说能让秃驴死净死绝，一个活口不留，我就放过你一家十九口和全部家财。现在跑了一个秃驴，本将军可要翻脸不认人了！"说完做了一个手势，身边人立刻砍下了那个中年人的头。

这中年人正是村里首富江城年，他听太平庵的僧人们告知他赶紧逃难，情知自己家业庞大，女人太多，哪里跑得过太平军的铁蹄，想到李开芳最恨和尚，冒出一个主意。他一边派家丁飞马迎着李开芳大军报信，一边派水性最好的家丁潜到水下，在载满僧人的那艘大船船底凿了几个大洞……他满心指望能在李开芳那里立下首功，救下全家，没想到杀人魔王是不讲道义和诚信的。江城年一家，不但所有家财被洗劫一空，房屋被烧光，女人全被抢走，孩子也全被杀死。知道内情的村人叹息说，这就是报应。

从此以后，再也没有人见到过静悟，有人说，报信的那个白衣人就是牛神化的身。静悟因为对白牛有不杀之恩，所以被牛神带到天上修仙去了。

从此那片苇荡被唤为"白牛荡"，后人在岸边修建了牛神庙，供奉的正是那头知恩图报的白牛。人们路过牛神庙，都会进去拜祭一番，叹息一句"人无良，不如牛"。

氽来的菩萨

在枫泾镇的东南方向，有一条小河叫小和尚泾，旁边有一座庙宇，叫河墩头庙，据说已经存在了好几百年。这座庙的外观初看也没什么奇异之处，然而一说起它的来历，老人们都说确实非同寻常。

在很久以前，小和尚泾附近有一个村子。村子里住着几百户人家，生活富足安乐。村里有一个周大户，家资富饶，在前后三村都算是数一数二的富户，也是当地最虔诚的佛教徒。周大户是个孤儿，是吃村里的百家饭长大的。成年后因为懂得经营，慢慢富了起来。他记着村里人的恩情，经常做好事善事，周济鳏寡孤独。尤其是前几年一次大旱灾的时候，庄稼绝收，河流干涸，赤地千里，穷苦人家卖儿鬻女，哭啼号寒。周大户打开粮仓，在村子里搭了两个舍粥棚，每天向灾民免费提供三餐白米粥，一直施舍到灾情结束。

当地有个叫柳七的农户，他对周大户的善举十分感动，于是专门到松江府禀报此事。府台大人立刻派属下跟随柳七来到小和尚泾，详细了解了周大户行善的义举后，给朝廷上了奏折。皇帝一看，龙颜大悦，亲自手书了一块"孝善传世"的牌匾，赐给周家，一时间远近轰动。周大户感念柳七之情，和他结为好友。虽然两家生活条件有别，可经常在一起谈谈说说，互相敬重。

等到灾荒结束，周家数年积蓄一扫而光，好在接下来连年风调雨顺，周家的粮库又丰盈起来。远近乡民，提起周大户都要竖起大拇指，叫他为周善人。

周善人家大业大，乐善好施，但家中却人丁不旺，只生了一个儿子，叫周云。千亩竹园一支笋，可想而知，周家人对那小少爷有多疼爱。那真是抱在手中怕摔着，含在嘴里怕化了。

这一天天气炎热，周云下了课，要到外面河边去玩，家仆富贵急忙跟着出了大门。门外就是小和尚泾，那河虽不是很大，但水有几丈深，平时水势也很急。

周云在河边玩了一会儿，就脱下鞋在河水里洗脚。富贵急忙过来阻止："小少爷，河水深，别掉下去了。走，我们回家去吧。"可是周云向来任性，说什么都不肯走，富贵不敢违拗，只得紧紧盯着少爷，以防万一。

周云洗了一会，站起来时好像腿脚发麻，突然身子一歪，跌落在河中。

这一下把富贵吓得魂飞天外，一边惊叫着"快来人啊"，一边"扑通"跳进河里。他水性很好，想把少爷捞上来，可他在水里摸了一遍，小少爷踪影皆无。闻讯赶来的村里人，会水的纷纷跳到河里，可是，任凭众人如何搜救，周云连个影都没见到。直到天黑透了，人们才不得不爬了上来。周善人夫妻俩在河边捶胸顿足，嚎啕大哭。

那以后的三天，村里人都在小和尚泾里打捞，终于在第三天晚上捞起了周云的尸体。当天夜里，富贵一根绳子吊死在河边的一棵大树上。

这件事给周善人的打击几乎是致命的，一夜工夫，须发皆白。在儿子下葬后，他把家里所有的佛像、佛龛、香炉等物都砸了个干净，村里的老人一起劝慰他，要三思后行。周善人冷冷地说："我每天拜佛供佛，到头来连我唯一的儿子都保佑不了，这世上哪有什么佛祖保佑？我还拜它做什么？"他还声称，做好事当好人却没好报，以后他再也不做好事了。人们听了这话，都摇头叹息，却也无话可说。因为村里的人对他都特别敬重，想到他这样积德行善，还是遭遇如此厄运，这世上哪有什么好人好报啊？都是假话！渐渐地，大家都觉得他的做法不无道理，其他人家也慢慢都不再烧香拜佛了，最后，竟然到了整个村子没有一户人家再礼佛的程度。

又过了几年，当地遭到特大台风的袭击。那是一场前所未有的台风，飞沙走石夹着洪水汹汹而来，村里许多居民都遭受了巨大的损失，房倒屋塌、流离失所。饥寒交迫的人都希望周善人能像以前那样出手接济，柳七还几次跑去和他说村民的苦难，可是周善人好像死了心，一口一声说做善事没好报，始终无动于衷。

一天下午，忽然听到有人在河边喊道："菩萨！大家快来看呀，河中有菩萨！"人们一看，可不是吗，在浊浪滔滔的河中心，浮着一座不知从哪儿漂来的木质菩萨坐像。当佛像汆到一个小小的河墩头时，竟然停下来不动了。人们呆呆地看着菩萨那宝相庄严的眉眼，不知道是谁喊了一嗓子："这是真佛呀！菩萨保佑，菩萨保佑！"

人们一起跪在堤岸，给菩萨像叩头请安，说来也怪，河水滔滔，泥沙俱下，可那菩萨像却一直停在河中心没有随波流动。人们议论纷纷，说这是菩萨显灵了，是和我们小和尚泾村有缘，所以才会出现这异象。

柳七赶紧跑到周大户家报告这件事。周善人听了，压根不相信。柳七就请他来到河边亲自看看。周善人疑惑地走出家门，只见河中心的确稳稳地漂着一个菩萨像，说是漂，其实更确切一些是"定"在河中心，只见急流之中，其他东西都随着河水顺流直下，这佛像却像打了桩生了根一样，稳稳当当端坐在河中心一动不动。

灾民们期待地看着周善人，他好像也有所触动，可想到自己的独子遭遇，一咬牙说道："倘若菩萨真能显灵，在这河水中端坐七天，我就相信世上真有佛祖一说"。说完就转身回家了。

也许这菩萨真的有灵，当周善人说了七天的期限后，那菩萨居然就这样停在河中心不再漂移。一天过去了，两天过去了，三天五天过去了，尽管水流湍急，雨猛风高，可菩萨像不但停在河中安如磐石，面相还正好对着周善人的大门，端端正正，脸上充满了祥和之气。就这样七天期满，那菩萨像还是停在河中心，就像生了根似的。等到台风也停了，洪水也退了，潮来潮落不知经历了多少回了，菩萨像就是稳稳地在那湍湍流水中不曾移动半步。

那天，周善人虔诚地沐浴更衣后，来到河边，对着菩萨像跪倒在地号啕大哭。他哭诉自己一心向善，哭诉晚年丧子的心酸。哭够了，他站起来说，虽说这菩萨不知道是从哪里漂来的，也不知道他漂过了多少地方，现在停留在这儿不走，一定是看中了我们这里，要在这里安家。看来佛祖果然有灵！既然菩萨不嫌咱这小地方简陋粗鄙，就把他请上来安住吧。

周善人立即打开粮仓，开仓放粮，还让那些失去家园的人们住进周家大宅，又拿出钱财修庙，村民们也人人出钱出力，齐心合力在河边造了一座庙宇，把菩萨恭迎上岸，请进庙里供奉了起来。因为庙就盖在那河墩旁，所以就取名为"河墩头庙"。可人们都说那菩萨是氽来的，所以私底下，都叫作氽来庙。

庙宇落成以后，善男信女纷纷前来进香朝拜，据说所乞求的事也多有应验。一时间，小和尚泾的菩萨灵验，方圆百十里地的人都知道了，更多的信徒纷纷赶来，香火特别旺盛。由此也带动了村里人的经济发展，竟然很快恢复了在台风灾害中损伤的元气，慢慢又兴旺富庶起来。

奇怪的是，小和尚泾的人们忙忙碌碌，齐心合力共建家园，那个凡事冲在前头的柳七却一直没有参与，听说他病得很重，每天都在吐血。几个月后，听说柳七将不久于人世，周善人赶紧赶到了他家。

周善人一进柳七的房间，看见柳七已经是骨瘦如柴，奄奄一息，不由得又愧又悔。柳七一把抓住他的手，感谢他在大灾之时放弃成见，救助了那么多人。周善人听了，反而流下泪来，凄惨地说："你才是真正的大善人呀，我哪敢和你相提并论，如果没有村里人从小把我养大，哪有我的今天！以前都是我太偏执了，要不是舍身为了乡亲，你怎么可能落下这一病根呀……"

柳七有点惊讶："怎么？你都知道啊……"

周善人流泪点头。原来那天他赌气在河边说了那些话以后，他担心有人作弊弄鬼，于是就躲在大门里偷看窥探。他看见一个人悄悄跳下了水急浪高的河水中，拼命游到菩萨像旁边……因离得远，看不清是什么人。等到大家请出菩萨像的时候，周善人暗暗询问了那些下水的村民，知道是一块巨石卡住了菩萨像的底座，还有一根铁丝牢牢地把菩萨像缚在了石头上。他认定这就是那个黑影干的。因为一直看不见柳七，听说他病得很重，是肺里呛了水引起吐血，他就猜到了经过。

柳七含泪笑了。周善人钻进牛角尖不肯出来，让他心焦如焚，打赌之后，他仗着一身好水性，摸到水下，发现菩萨像被卡在石头上，可是水势再大的话，很难保不被冲走，于是想到了用铁丝缚住佛像的办法。没想到台风时节，水势浩大，用铁丝固定底座要潜入水下，为此他差点淹死。虽然仗着一身好水性逃脱了性命，却落下了病根。

几天后，柳七溘然长逝，周善人跪在他的遗体前，哭得最伤心。那以后，他又恢复了从前的习惯，怜贫恤寡，广施钱财。一年以后，周善人四十多岁的夫人竟然有了身孕，十月怀胎，一朝分娩，竟生下一对白白胖胖的双胞胎男孩，村里人都说，这都是周善人行善积下的德呀。

那以后，河墩头庙的菩萨更加灵验了，名声远扬四方，香火也更旺了。

工匠不识东家心

东村有个木工叫杨义，手艺好，干活快，大家都愿意请他去做活。

那天，新义村的朱老太家要造房，恭恭敬敬来请杨义。见到朱老太，杨义心头一喜。原来，虽然两家不是一个村，他却早就听说这朱老太心地善良，出手大方，日子过得蛮富裕。给她家做活，工钱不会少不说，伙食也差不了。他们当下议定了工钱，定下明日吉时开工。

第二天，吉时一到，朱老太的儿子们在院子前挑了几大挂鞭炮，噼里啪啦放了半天，喝过开工酒，工匠们就开始干活了。

过了晌午，太阳火辣辣照着，工匠们在大太阳下劳作，很快就挥汗如雨。大家嗓子渴得要冒烟了，却不见东家送茶水

工匠不识东家心　　163

来。杨义扯起嗓子喊了一声："东家，送点茶水来喝吧，大家渴死了！"

朱老太笑吟吟回了一句："各位师傅，水还在烧，大家稍等一会呀。"

"不用烧了，天这么热，井里的凉水来几碗好了。"杨义擦了一把汗喊道。

朱老太走过来，认真地说："那可不行！井水太凉，各位师傅现在都是一身热汗，一下子喝冰凉的井水，容易伤脾胃！别急，开水马上就烧好了。"

朱老太这样一说，大家也只好等着。眼见着烧开水的锅冒出了水汽，"咕嘟咕嘟"响了一阵，杨义又催了几遍，朱老太和儿媳妇才抬着一只大木水桶走了过来。

杨义招呼一声，师傅们放下工具，都跑过来喝水。

杨义走到冒着热气的水桶前，拿起水瓢去舀水来喝，却吃了一惊。为啥？只见水上面漂浮着一层龙糠。

其他工匠也发现了水里的龙糠。有人小声说："都说朱老太人挺好，真是百闻不如一见。开水上面撒了龙糠，这是不想让咱喝水，怕耽误干活啊！"

杨义也有点生气，想责问朱老太，又一想，拿着人家的工钱，就别说三道四了。于是做和事佬说道："没事，吹开龙糠还是一样喝，龙糠又不脏。"杨义吹呀吹呀吹开龙糠，一口一口喝起水来。其他工匠见工头这样说，也不好说什么，将就着喝了继续干活。

到了中午，只闻东家大锅里熬肉炖鱼的香味扑鼻而来，劳累一上午的人们饥肠辘辘，早已馋涎欲滴。好容易盼到朱老太一声高喊："师傅们，开饭啦，请来吃饭吧！"

师傅们赶紧放下工具，洗干净脸和手，来到了大桂花树下的圆桌旁坐下，可一看桌上的菜肴，却都皱紧了眉头。为啥？虽然桌上几个盘子里装满了鸡鸭鱼肉，却都是一些碎烂的菜肴。鱼不是整条的，肉也不是整块的，一看就是被人吃剩下的残羹剩菜！

有个师傅小声说："我听说昨天是朱老太大寿，家里摆的流水席，很丰盛。不用说，现在这些菜一定是昨天吃剩的。"

作为工头的杨义，刚才见朱老太在开水里撒龙糠本来就一肚子火，现在见用残羹剩菜来招待他们，怒火蹭地一下窜了上来，这不是有意不把工匠当人看么？按说他也是当地有名的工匠，也跑过三江六码头，哪里受过这等闲气？

其他师傅也很气愤，一个脾气大的师傅起身就要去跟朱老太理论，被杨义一把按住。他想了想说："我们做工，拿了人家的工钱，吃得好吃得差，那是东家的良心。吃在东家锅里，活在我们手里。这活是我接的，大家看在我脸上，将就将就吧。"听杨义这么说，其他师傅都觉得奇怪，因为这杨义干活没得说，为人却是有名的不吃亏，谁要占他便宜，早晚加倍讨回来。可这份活是杨义揽的，他既然这么说，其他人自然没什么好说的了。

朱老太家的活一共做了十几天，师傅们也习惯了喝龙糠水，吃糟烂的鱼肉。房子造好工钱结清，大家也各奔东西，倒也没什么纠缠。可朱老太一家搬进了新房后，家里接二连三地出事。先是朱老太去湖边洗衣时摔了一跤，竟然跌断了腿，花了不少钱医治，还落了个残疾；不久，儿子出去做蚕丝生意时，路上遇到劫匪，不但钱被抢光还丢了性命，留下个有身孕的媳妇又难产送了命。短短几年光景，本来前后三村有名的兴旺人家一下败落了下来。

四五年后，杨义和他的伙伴又被朱老太的邻居请来造房。朱老太也来帮工做饭菜。恰逢工匠们要喝水，朱老太告诉东家，不要让师傅们喝凉水，要烧开了喝，并要在开水里撒上一层龙糠。恰好杨义过来找东家说事，听见这话，想起几年前的事，就笑着说："这次我们不是给你朱家干活，还要担心我们偷懒不给好水喝呀？那一会儿是不是也要给我们吃剩菜呢？"

朱老太愣了一下，淡淡地说："水里撒上龙糠呢，是因为水太烫，你们又焦渴难耐，难免会因为心急烫伤了嘴唇。撒了龙糠，喝水时要一点点吹，等龙糠都吹走了，水也就不那么热啦！"

杨义一愣，居然是这样？

朱老太又说："我们请师傅们干活，那就是贵客上门，要拿出最好的菜肴招待你们，哪里会给你们吃剩菜。"

"不给我们吃剩菜？那当初在你家干活时，我们可没看到过一条新鲜完整的鱼。"杨义没好气地说。

"哪有这样的事呀，当初在我家用的鱼可都是刚从湖里捕捞的新鲜活鱼。我担心你们又累又饿，吃饭时难免仓促，万一肉骨鱼刺扎破喉咙可就罪过了，所以吩咐厨师做菜时把肉骨鱼刺都一点点剔除了。"

东家一听也接着说，朱老太刚才也与我们说了，我们也准备让厨师等一下把鱼刺都抽掉了，虽然样子肯定不好看，但保证师傅们吃起来不会梗呀。

杨义一听是又愧又悔，原来他把朱老太家一片好心当成了恶意，所以，最后竟动用工匠特有的手法，在朱老太的房子上做了手脚。这不是狗咬吕洞宾不识好人心呀。

当天晚上，杨义来到了朱老太家，要朱老太拿来一把梯子，他上梯从正中的房梁下面取下一个小盒子，拿出里面的东西，又换了样什么东西重新塞了进去。

这个小盒子就是上次盖房时，杨义偷偷放进去的。按照当地工匠祖传的说法，如果东家待人刻薄，工匠会在主梁的下面放上污秽之物，就可诅咒东家家运败落。当初，杨义就是在朱老太家的房梁下放了个盒子，里面装了几块墓地里挖出来的破烂布片、锈铁，以诅咒朱家霉运不断。现在，他把那些污秽之物拿掉，把一枚铸有"太平永昌"四个字的铜钱放了进去，以祈祷朱老太家永保平安。据说，从那以后，朱老太家果然摆脱了霉运的折磨，日子又红火起来。

自古以来关于匠人在房梁上做手脚的故事，各地都有流传，其实，这些都是没有科学依据的传说罢了。你想，如果工匠真有这样的能耐，那些帝王宫殿，哪个不是号称算尽了风水做绝了机关，可哪个帝王能逃脱得了改朝换代的结局了？所以呀，什么风水机关并不可信，做人做事还是把良心摆正才最要紧！

夺命槐树洞

从前，在枫泾镇南，有一户姓苏的大户人家，家中良田千顷，牛羊成群。苏家的大宅院在枫泾首屈一指，正屋前面一棵数百年生的大槐树尤其出奇。有一年槐树遭遇雷击，根部现出一个能容三五个人出入的大树洞，人们都说这大槐树肯定要枯死，不料遭遇如此重大损伤，槐树仍然枝繁叶茂，成为当地一奇。

苏家生有两个儿子，另有一个抱养的小女儿叫苏环。俗话说慈父多败儿，老太爷对孩子们爱如珍宝，不料两儿子都不争气，吃喝嫖赌抽，五毒俱全。不仅如此，对老父老母也一点都不孝顺，父母责备几句，就要横眉立目，挥拳攘臂，慢慢地父母对他们都很惧怕。养女苏环倒是又美丽又孝顺，却在13岁的时候无缘无故失踪了，成为当地一桩疑案，让苏家父母十分痛心。

这样被儿子们败了十几年，家业再大也扛不起折腾，苏家慢慢拮据起来。田产卖光了，奴仆顶账了，祖屋也卖掉了大半。老太爷看到一世家产败在他两个不成器的儿子手中，急火攻心，一病不起，瘫痪在床。可叹两儿子依旧是寻花问柳，并不晓得床前侍奉。老太爷临终之前，身边除了老妻，还有一个不离不弃的长工十全端屎端尿地守着。

这一日，老太爷自觉将要油干灯枯，身边依然只有老妻和十全，老太爷连连叹息，挣扎着说："虽然这些家产，被两个逆子败得差不多了，可我还是留了一份儿后手。我埋下了一大笔金银财宝，日后这两个儿子，谁能改好了，经常去佛堂祭拜先人牌位，那些财宝就归他所有……"说到这儿，就哆嗦着说不出话了，只能艰难地用手比划着写了一个"木"字，又写一个"鬼"字，就撒手归天了。

丧钟敲响，儿子们还在外流连忘返，在老太太和十全的操持下，总算是把老太爷后事料理了，也把老太爷临终时的遗嘱告诉了不孝子们。两儿子一听，顿时来了精神，原来老爹还留着一大笔金银财宝的后手呢，得赶紧找啊，哥俩一分，又能快活好多年！

可是这笔钱在哪呢？两个不学无术的儿子发了愁。他们先是把家里翻了个底朝上，却没找到一个铜钱。后来，有人指点说，木和鬼两个字合起来就是一个槐树的槐字。你们家老爷子留下的宝贝啊，应该是在一棵槐树的下面！

枫泾当地都好种槐树，村前村后到处都是。两个不孝子觉得这番话有道理，赶紧拿着铁锹在自家的每一棵槐树下挖掘起来，一挖就是掘地三尺，可是哪儿有金银财宝的影子！这时，老太太颤巍巍来喊他们："儿子啊，今天是你爹烧五七的日子，你们去他坟上送点供品，来佛堂上炷香吧！"儿子们你看看我，我看看你，都担心自家上坟上香的时候，被另一个兄弟找到了财宝，于是两兄弟大眼瞪小眼，虎视眈眈互相看着，谁也不肯回家。

他们挖遍了所有的槐树下，仍然一无所获。兄弟两个你看看我，我看看你，突然，苏大的眼睛落在院子里的老槐树上，小心翼翼地说："二弟，那些金银财宝，会不会藏在树洞里呢？"

这话一说出口，苏二的脸"刷"一下变白了，不敢作声。

其实这个树洞他们早就想到了，暗中琢磨财宝会不会藏在树洞里。只是因为兄弟俩心里有鬼，都不敢说出这个念头。

因为他们父母抱养的小妹苏环，就在这个树洞里。

那还是五年前，因为赌输了钱，哥俩偷偷卖地还债，苏老太爷实在是忍无可忍，一张状纸把他们告到了衙门，苏大苏二被县太爷狠狠打了一顿板子，还说如果老父再来告状，就把他们送进大牢。哥两个狼狈归家，一打听才知道，父母本来没那个狠心告他们，都是小妹苏环在背后给拿的主意撑的腰。这一下哥俩可气坏了，一个姑娘家，还是抱来的野种，这么小就敢撺掇父母告他们，大了还了得！这么怕我们得钱，还不是为了自己留钱当嫁妆！

哥俩一研究，知道要想随心所欲过日子，必须先制服这个小妹子。于是有一天，趁着苏家父母去庙里烧香，他们一起逼着小妹答应以后不许再管他们的事。苏环年纪虽小，脾气却很硬，不但不肯答应，还一条一条数落他们的罪状。声称他们再不改过，就要到府里去告他们忤逆，到时候，可就不是打几板子的事了。

苏二急了，一脚把苏环踹倒在地，不料苏环的脑袋撞在墙上，立刻血流满面，眼一翻就晕了过去。哥俩一看吓坏了，但再一商量，觉得这样也好，省得以后她总帮着父母出馊主意，索性一不做二不休，于是又在她的头上砸了几下。正在这时，大门外传来父母和十全的说话声，不好了，得赶紧把小妹的尸身藏起来！急切之下，他们一回头看到了身后的树洞，于是七手八脚把小妹拖进去，这时父母也进院了。见不到苏环，父母心焦如焚，可兄弟二人异口同声，只说没看见小妹去哪了。父母悲痛伤心了好久，却压根不知道女儿就葬在眼前的树洞里。

现在，他们把所有的槐树下都挖遍了，仍然没找到财宝，心思自然落到了这老槐树的洞上了。

苏大鼓起勇气对兄弟说："撑死胆大的，饿死胆小的，你要是害怕，不敢进去找宝贝，我一个人去，要是我找到了，你可别怪我独吞！"

其实苏二也早想到了这个树洞，听哥哥这样一说，当即说，我怎么不敢，走，这就下去。说完，一咬牙，跟着苏大跳进了树洞。

他们点了个火把，跳进去往里一走，不禁呆了，想不到这树洞又深又大，两个人深一脚浅一脚走了很远，一路仔细查看哪里能藏着金银财宝。可走了好远，还是什么都没有。此时，他们才感觉奇怪，不就是一个树洞么，怎么里头居然这么大呢，走这么久还没有到头？

突然，前方传来一阵银铃般的笑声，随着传来一个女子的声音："大哥二哥，你们终于想着来接我回家了呀。"

哥俩大吃一惊，魂都差点吓掉了。抬头一看，一个年轻貌美的女子就站在前方不远处，笑吟吟地看着他们。

苏二狂喊一声："不好了，有鬼啊！"转头就跑，不想一头撞在洞壁上，他抱着脑袋还没爬起来，听那女子又说道："怕什么呀，我不是鬼，我是苏环，是你们妹妹。当初你们把我抛下树洞，我并没有死啊。"

哥俩听着这说话的声音和常人无异，老大装大胆子伸头仔细看看，见前面是一个人，那人的后面有长长的影子，听人说，只有人才有影子，鬼是没有影子的，说明眼前那人确实是人不是鬼。虽然五年过去了，可从脸上看，这就是妹妹苏环。

这时，苏环已来到哥俩的面前，苏大苏二似乎都忘了他们当初把妹妹置于死地那事儿，都争先恐后问苏环，这些年是怎么过来的？为什么一直待在树洞里不回家？

苏环抿嘴一笑，淡淡地说："当初，我也不知道这树洞其实有这么大，我醒了以后，往里一走，就发现有一眼泉水，水里有鱼，有蛇，还有蘑菇，木耳，有时候还能漂来一些野果子，我就靠吃这个活过来的。我在这里久了，喜欢这里的清净，比外头省心多了，所以也不想出去。哥哥们，你们都好吧？爹娘他们可还好吗？"

这句话问得哥俩支支吾吾，也不去想想苏环的话里有没有破绽。苏大先问道："小妹，爹说在槐树下埋了很多金银财宝，你在这里看到了吗？"

苏环摇摇头："金银财宝？我从来没见过。这洞里也没人来过。"

这时苏大看着苏环像仙女一样好看的脸，突然冒出一个主意，这妹子现在该满 18 岁了，没想到五年没见，出落成一个大美人。这要是把她弄出去，卖给大户人家当小老婆，或者是卖到青楼妓院，一定能卖一大笔银子，这不就发财了吗？哈哈，难道说，老头子早就知道苏环藏身在这树洞里，遗言留下"槐"字，就是要我们进来发财？

要不怎么说利令智昏呢？老大想到这，不由得心花怒放，嘿嘿笑起来，仿佛眼前的苏环就是一大包金子似的。他让小妹先在这儿等他们，然后拉着弟弟走到一边，两个脑袋抵在一起低声一商量，不由得都得意地笑了起来。还真是兄弟连心，这两畜生居然想到了一起。

他们捂着嘴走过来，装出悲伤难过的样子说："小妹，爹已经去世了，娘想你都想出病了，以前都是我们不好，还请小妹别怪罪哥哥。快跟我们一起回家好好过日子吧！"

苏环一听，眼泪刷地流了下来，边流泪边说，哥哥呀，其实我一直想见妈妈，我们这就回家吧。说着，就带头往前走。兄弟俩一看，知道苏环上当了，也不及多问，赶紧跟上去。不多一会，听见前面传来哗啦哗啦的下雨声，原来这树洞是通向外面的！哥俩只想着卖掉妹妹发财，压根不去想她的话是不是合理，一起拥着妹妹出了洞口。

突然，洞外传来一个声音怒喝："你们这两个逆子！害了妹妹一次不够，还想再干坏事吗！有我在，绝对不允许你们这样做！"

这时他们刚从黑暗的洞里出来，双眼还没适应光亮，猛一看洞口前有一个人影，这身影穿的是父亲在世时穿过的衣服，听声音竟然像是父亲的口吻！这一惊非同小可，只听苏大一声惨叫，似乎肝胆俱裂，一头栽倒在地，腿脚抽搐了几下，就一命呜呼了。苏二一见，要紧掉头就逃，可慌不择路，一脚踩空，跌入了一个万丈深渊。

苏环一看，大叫哥哥，可为时已晚。这时，那个人影一把拉住苏环，说，小姐，我刚才一路跟着二人，知道他们没安好心，不想我一装成你父亲这样，竟把他俩都吓死了，这不是我十全有意所为，看来是天意啊。

原来苏环受伤以后并没死掉，等清醒过来，发现这树洞其实与一个通往外界的溶洞相连。当她慢慢爬出溶洞，正好碰到正在到处找她的十全。十全了解了事情的经过，想到如果苏环再回到家里，保不准再会遭到两个畜生一样的哥哥的毒手。两个人反复商量，觉得这树洞真是天赐之地，苏环藏身在里面更安全些，等以后合适的时候再回家来。所以这五年苏环一直以树洞为生，吃的穿的都是十全偷偷送进来的。

现在，想不到那兄弟俩一个吓死，一个跌死，是天意保全苏环重新回到家中。

后来十全和苏环成了亲，对老娘非常孝顺，一家几口人虽然粗茶淡饭，却也饿不着冻不着。

几年以后，老太太也寿终正寝，小夫妻俩为了给老太太打一口上好的棺材发愁。苏环忽然想起，家里早已荒废的佛堂，那个门槛特别宽大结实，应该可以用来为老娘打一副好寿材，于是就去把那门槛撬起来。当好容易撬起那门槛，眼前只觉得金光耀眼，那门槛下面居然藏着一只大缸，里面装着满满一缸银锭金锭。夫妻俩都愣住了，翻过来掉过去看着那个门槛，忽然醒悟过来，这个大门槛就是槐树料做的。原来老爹死时的留言是有深意的，如果儿子们经常去佛堂拜祭先人牌位，出来进去多了，可能就会想起来这门槛的秘密，可惜啊，可惜。

后来，十全和苏环和和睦睦，相亲相爱，生了好几个儿女，日子过得很舒坦。至于那个苏环生活了五年的树洞，那大树早已不复存在，溶洞到底在不在，在哪里，也没人说起。但是，在枫泾地区，一句"若要金和银，槐树下面啃"的俗语，却一直流传到现在。

古龙庵传奇

明朝嘉靖年间，在米丈港的南面有一座古龙庵。庵堂香火不旺，清清静静。港北正对着古龙庵的是一座气派的大宅院，那是大乡绅徐福的家。徐福年轻时一贫如洗，却看上了村里的富家寡妇程氏。虽然程氏的族人拼命反对，但徐福最终还是与程氏成了家。可婚后不到一年，那程氏就因难产而死。几年后，徐福发达起来，在港北修建了徐家大院，渐渐成了远近闻名的大户之家。

徐家日子虽然富裕，人丁却不旺，徐福后来的夫人给他生了4个儿子，却先后都死了，最大的活到17岁，最小的3岁就夭折。徐福自知无望繁衍后代，变得无心经营家业，每天长吁短叹，郁郁终日。米丈港畔的其他人家的年轻男子也不太

平，病的病，亡的亡。有人传说村子的风水有问题，可多次找风水先生来看，都说不出什么来。于是有人为了躲避灾难，举家外迁，繁华的村庄也逐渐败落了下来。

这一天，有一个外地来的瘦老头站在米丈港港北对着古龙庵哭泣，村人惊讶地问他哭什么。老头叹道："不知道是什么人跟米丈港有仇，再这样下去，这村里的青壮年都会死光的。"

这正是村里人的心病，闻听此言，一大片人当即跪倒在地，诚惶诚恐地请教缘由。

老头指着古龙庵说："都是这座庵堂惹的祸。"

原来这古龙庵的庭院里堆着一座假山，山上垂挂了一条瀑布，水是从米丈港引进来的，瀑布流量并不大，可落下来时的声音不小，在港北的人家都能听见隆隆的水声。

老头说，在风水学上这称"朱雀悲泣"，是大凶之象，是风水上所称的四凶之一。村里能听到这水声的，都可能家宅不宁，而正对着古龙庵的徐家首当其冲。这古龙庵的样式格局和其他庵堂无异，可庵顶是耸立的，尖如利剑，有点像城里修建的西洋教堂。庵堂正对徐家大门，形成了风水大忌"穿心煞"，男丁早亡是不可避免的。徐福听得一身一身出冷汗，他想，一定是自己被人暗算了。

这古龙庵是二十多年前建的，当时村里来了一个叫杨啸庭的松江年轻人，说想修建一座庵堂为母还愿。他踏勘了不少地方，觉得这米丈港是块适宜的宝地，就出资购买了一片土地，建了这座古龙庵。

杨啸庭建这座庵院到底是无心构成了"穿心煞"害人，还是有意为之？徐福百思不得其解，这些年陆续死去的几个儿子和村里门户凋零的惨状让他悲愤万分，决定找到这个杨啸庭，挖开他建这害人庵堂的真实原因。如果能解除"穿心煞"，运气好的话没准还能生个一男半女，接续香火。

那这个"穿心煞"怎么解除呢？瘦老头绕着村子走了三圈，拿出解决方案。一是立即拆掉古龙庵，毁掉假山和瀑布；二是在港上建一座三孔大石桥。因为村子被煞气镇了几十年，必须用这座石桥冲破煞气，才能有解煞之效。

徐福一听心想，拆掉庵院和假山容易，建大桥却需要巨额资金，不是一日半日之功。先去找那杨啸庭问个明白，然后再做定夺。于是，他当即带着几名家丁前往松江府。

松江府是大市镇，提起杨啸庭，知道的人还真不少。原来他是当地有名的生药老板，连宫里头都用他的原料。徐福不敢造次，私下暗访多日，这才登门拜访。开始门人不给通报，理由是老爷不见生客。徐福让门人说明，是"米丈港旁的徐福"来访，果然马上被请进了杨府。

府邸的气派自不必说，那富态的杨啸庭早已经端坐等候在客厅，二人分宾主坐下。徐福也不遮掩，几句客套话一过，当即问道："杨老爷当年为我米丈港做了一件大善事。可庵堂建成后，村里青壮年不断有人夭折。我这几天访查过了，老爷您自幼父母双亡，当年说的为母还愿，不知是哪个母呢？"

杨啸庭打了一个哈哈，说道："这个母亲么，是我的义母。她老人家老家就在米丈港，从老家出来后，她唯一的心愿就是在那里建一座庵堂。义母待我恩重如山，我不能不孝顺她老人家啊。"

义母？老家是米丈港的？这可怪了，米丈港几千户人家，要是谁家的姑奶奶有这么财大势大的义子，哪能一点声息都没有呢？徐福当即问道，这义母姓甚名谁，是米丈港谁家的姑娘？可否请出一见？

杨啸庭爽快点头："姓名到不必问了，我带你们去见见她吧，或许你们也熟识。"

徐福巴不得揭开谜底，当即跟着杨啸庭坐轿出了城，在城外一处茂林修竹的小山下停了轿，竹丛里隐藏着一座小小庵堂，一个老尼姑正在汲水。

杨啸庭喊一声"娘"，老尼姑回过头来，看见了徐福，她的身子晃动几下，差点摔倒。杨啸庭抢步上前扶起了她，这时徐福已经惊呆了。他转身想跑，身后一排虎视眈眈的杨家家丁拦着，想说话，喉咙却被堵住了一般，发不出一丝声响。你道那人是谁，正是当年徐福非要与她成亲的富家寡妇程氏。

"徐福，你还认得我吗？当年你为了侵吞了我的财产，用尽心机与我成亲，可你得手后竟丧尽天良把我卖到了青楼。多亏义子相救，才使我跳出苦海。你都不会想到吧？"

原来，当年，一贫如洗的徐福看中了寡妇程氏的财产，百般逢迎讨好获取了程氏的芳心。但好色的他不久又看上了另一位富家小姐，但那小姐说只要他把程氏休了才能答应这亲事，狠心的徐福心想要是休了程氏，那程氏原来的家产他将不能保住，于是，对外宣称是程氏难产而亡，暗地里却将她卖到了妓院。

知道了事情的真相后，徐福浑身直冒冷汗，口中喃喃地说："报应，报应啊！"双腿一软，跪了下去。

程氏擦擦眼泪，对杨啸庭说："儿啊，他做的恶事，已经得到了报应。母亲有愧于心的，是连累米丈港其他没害过我的人家也同遭了祸事，我再拜佛修行也是无用。你去把那庵堂拆掉吧，再多做些善事，为母赎罪。"

后来，杨啸庭来到米丈港畔，组织村民拆了古龙庵毁了假山瀑布，又出巨资建桥，徐福知道自己罪孽深重，也拿出了全部家产参与其中。大桥建成后，既破了风水，又方便了交通，米丈港畔恢复了生机，慢慢又变得人丁兴旺，日益富庶。村民通过这些磨难，也变得乐善好施起来。

据说，这米丈港上的大桥宽三丈有余，是三孔拱桥，可惜这座米丈港上唯一的大石桥，后来在明末李自成起事时毁于战火。

至于徐福与程氏的故事到底是真是假，现在无从考证，但时至今天，当地还流传着这样两句谚语："古龙庵败脱，青年人上来"。

癞痢头吃鸡得娇妻

清朝末期，枫泾镇上有一个大户人家，是方圆百里有名的米行老板。他们有个伙计叫张成，十分能干，一个人能顶好几个伙计用，所以米行生意兴隆，也没再雇用其他人。

这个张成二十岁出头，生得是身材颀长，眉清目秀，唯一的缺陷是头上有几个癞疤，人家都叫他"小癞痢"。可别小看了这个"小癞痢"，他不仅长得好，还聪明机灵，能说会道，尤其幽默诙谐，爱开玩笑。虽然他出身低微，也没进过学堂，可是在老板店里久了，闲时经常翻看老板那些古书，遇到不认识的字、不懂的典故就请教老板，一来二去，竟然学得满腹文章，知书达理。因为他这份好学之心，老板夫妻俩也更器重他。

这一天，老板夫妻有事外出，米行中只留下张成看店。老板夫妻走后没多久，外头电闪雷鸣，下起了倾盆大雨。这天气是没有生意可做的，张成早早就把门板上好。此时灶头上正在清炖一只整鸡，整个米行都能闻见扑鼻的鸡肉香气。张成此时已是饥肠辘辘，再闻到鸡的香味，不禁馋涎欲滴。掀开锅盖一看，一块鸡皮粘在镬子上，他就用筷子挑起来，吹了吹吃了起来。啊，这鸡皮又软又糯，实在太好吃了！他要不吃倒没啥，一吃就收不住嘴。一块鸡皮下肚，反而勾起了馋虫，肚子也咕噜咕噜叫得更欢了。

他看了看鸡头想，反正老板平时都不吃鸡头的，老板在的话，鸡头也都是给我吃的，要不我现在就把鸡头吃了算了。这样一想，就拿出一只碗，用勺子把鸡头扯下来，盛在碗里，津津有味地吃了起来。这时候雨越下越大，鸡的香味越来越浓，肚皮也越吃越饿。一只鸡头上能有多少肉呀！他扔掉啃得光光的鸡头，看看镬子里去了鸡头的鸡，这个鸡头颈好像老板也不喜欢吃，哎，干脆我也替他吃了吧。于是，他又把鸡头颈吃了。再一想，老板鸡脚也不太喜欢吃的，索性把两只鸡脚也吃了吧。看看桌子上正好有一瓶没有开封的白兰地酒，肥鸡就酒，那才美味呢！于是他索性弄个碗，打开白兰地，倒了满满一碗，一口鸡脚一口酒，自得其乐地干了起来。等到一碗酒干下去，胆子也更大了，反正吃一点点也是吃，老板要责备也会责备，拼着被老板骂一次，索性吃个痛快算了。于是，他把剩下的鸡全部弄出来，搬到桌上，倒了碗酱油，斟了碗酒，一手扯鸡肉，一手端酒碗，左一口鸡肉，右一口酒，大吃大喝起来。

等到一瓶白兰地落肚，一只鸡也吃得只剩一些鸡骨架，此时天倒放晴了，但张成已经有些晕晕乎乎，感觉好像自己闯了祸，回头看看老板的一身礼服和一顶礼帽就挂在墙边的衣架上，旁边靠着一根镶金嵌银的斯迪克（拐杖），礼服的口袋里装的那只24K纯金怀表，表链就露在口袋外。张成想，老板这身衣服，要是穿在我的身上，那才叫潇洒呢。趁着他不在家，干脆我穿上试试吧。然后，他脱下自己的裤褂，穿上老板的礼服，戴上礼帽，把怀表的表链往自己的脖子上一挂，表往口袋里一放，又拿起那根镶金嵌银的斯迪克，对着镜子一看，镜子里的人俊美潇洒，简直比大户人家的公子还帅气！鬼使神差，他晕晕乎乎大摇大摆地走了出去。门口河埠上正好有一艘快船要到松江府，他就一步踏了上去。

老板办事回来，进家一看，鸡也吃光，酒也喝光。再一看，自己的礼服、拐杖、怀表都不见踪影，以为家里来了贼，急忙问老婆是怎么一回事，老婆说我与你一起刚回家，怎么知道是哪样一桩事呀。两个人赶紧喊张成，可屋里屋外喊了个遍，就是没人应声，看看旁边他脱下的衣服，这才想到，一定是这个伙计搞的鬼。老板没生气只觉得蛮好笑，因为这个伙计已经跟了他十来年，一直忠心耿耿，又聪明，又伶俐，又肯吃苦，从来没出过这样的事，老板夫妻一直对他非常喜爱，暗中打算认他做干儿子呢。所以就安心等他回来，看看他今天到底中了什么邪，那张能说会道的嘴要怎么辩解。

一直等到二更时分，张成才失魂落魄地回来了，他一进门后，"扑通"一下跪到老板面前，说："老板，我闯大祸了，请你千万千万救救我。"老板假装板着脸问他到底怎么回事，张成就把自己的所作所为一五一十地向老板说了出来。

原来，他乘快船到松江府后，来到了松江镇上玩耍。见前面好多人围着一圈，挤进去一看，是一伙走江湖卖艺变魔术的。只见那个穿袍子的魔术师手里拿着一个绣花手帕，大声吆喝着："各位老少爷们，我这魔咒一念，手帕就会飞到你们当中的某人身上，到时在谁的怀里，谁就要捧个钱场，可好？"众人拍手叫好。那魔术师把手帕在手里转啊转啊，转了好久还没变化，大家正在嘲笑他是吹牛，突然，他冲着手帕吹口气，喊一声"飞"！手帕就突然不见了！

这一下众人都来了劲头，纷纷你看我，我看你，想知道手帕飞到了谁的怀里。魔术师漫步上前，指着圈里一个小姐说："小姐，把手帕交出来吧？"

那小姐穿金戴银，十分美貌，听魔术师么说，急忙摇头说没见什么手帕。魔术师又上前一步，嬉皮笑脸地说："小姐既然不肯交，那我只好搜一搜了！"话没说完，一双手就去小姐的胸口掏摸。这一下小姐身后的丫鬟不干了，挡在前面斥责道："你这人好没道理，我家小姐的衣裳是随便搜的吗？"可是那魔术师早已经盯着小姐的脸蛋口水滴滴，一把搡开丫鬟，手继续去抓小姐的胸口！

张成看了实在气不打一处来，大叫一声"住手"！一把抓住那只已经碰触到小姐衣服的爪子！魔术师一愣，随即不屑地说："你是哪儿钻出来的小鬼。"边说边一把推倒张成，他的力气竟然那么大！张成顺势抱住魔术师的腿脚，死活不让他靠近小姐，这时候，那丫鬟早已经拉着小姐快步逃离了这里。

魔术师见追不上小姐，一肚子火气都撒在张成身上，把他踹倒在地一通拳打脚踢，张成的衣服滚上了泥，脸也破了，可他的眼睛还牢牢盯着那小姐走远没有。直到看不见她们主仆了，才松了手。

看热闹的人一起谴责魔术师，他知道犯了众怒，灰溜溜跑了。张成摇摇晃晃站起来，擦擦嘴角的血迹，走进了不远处的醉白池酒楼。

来到酒楼店堂，他往酒桌上一坐，店小二一看，他这身打扮完全是一个大财主家的小公子模样，虽然像是刚和人打过架，可这种人口袋里不缺银子，何况敢打架的主儿那更是不好惹的。于是毕恭毕敬地请问他要吃什么就点什么，张成一摸口袋，分文没有，他叹口气起身往外走，不想旁边过来一个丫鬟，对张成说："这位公子请留步，我们小姐在楼上，请公子您去一下。"

张成见那丫鬟正是之前自己帮过的那个小姐的下人，就跟着丫鬟来到楼上，果然楼上雅座包间里那个美若天仙的小姐一个人在独饮。见到张成，小姐站起身施礼道谢，请他落座。不晓得是哪个神经搭错，还是那瓶白兰地的劲还没过，张成鼓足勇气与小姐一番交流，才知道原来这小姐竟是松江府台的千金。因为张成口才好，所以两人谈得很投缘。小姐问张成在哪高就，他说在枫泾最大的米行。小姐抿嘴微笑着说："原来是少东家，失敬，失敬。"张成头上冒汗，可被小姐这一笑迷得有点晕，哪敢承认自己是穿了老板的衣服，只好硬着头皮默认了。

其实，他搭救小姐时的一举一动，府台小姐早已观察得一清二楚，小姐见他相貌出众，风度翩翩，又肯仗义出手，料定是个好人，竟然一见钟情。后来见他也走进这家酒楼，又好像没有带现钱，才让贴身丫鬟下楼请他一聚。

两个年轻人聊啊聊，因为张成知书达理，又在米行做工十年，跟着老板天南地北地奔波，见过很多世面，他本来也伶俐，居然和小姐聊得十分合拍，两人竟产生了爱慕之情，最后约定，要选个良辰吉日，由张成和父母聘请大媒上松江府台家提亲。

等到张成离开松江，酒也醒了，脑子也清楚了，不觉大惊失色，这欺骗府台小姐之罪，如何担当得起。好在他脑子活络，不久就心生一计，料定只要自己这样这样一说，老板肯定会出手帮他，于是立刻回到枫泾。

现在，他进门一见到老板，先磕了几个头，然后一五一十把自己的经过说了一遍，然后一脸真诚地对老板说："现在我闯了这么大的祸，千错万错都是我的错，但如果府台大人一旦知道我不是你的儿子，只是你店里的伙计，我肯定要被府台大人治罪，不过这样一来，老板你也脱不了干系，因为你负有管教不严之责。府台大人一旦真追究起来，说不定你也要招来牢狱之灾。"

老板弄清楚整个过程，真是又气又好笑，想不到这个一向言听计从的伙计，竟然会做出这么荒唐的事情。回头想想，张成讲得确实也有道理，他也可以说是枫泾数一数二的大老板，店里竟弄出这样荒唐的人和事，人家确实会说他管教无方。如果府台大人真要追究起来，那可不是闹着玩的。他又一转念，这张成其实也确实是聪明过人的，在他店中十年来，从未出过任何差错，对他也始终一片忠心。再说自己本来没儿没女，以前也想过收他为义子，所以一直当他儿子一般看待。现在事情既然这样了，何不拉他一把，这样，既不会再受府台大人的责备，自己老来也有个传香火的继承人。再说，一旦真与府台大人结成亲家，那可是一件光宗耀祖的事情，也许日后还能飞黄腾达也说不准。

癞痢头吃鸡得娇妻　　191

这样一想，老板与夫人一商量，当即决定认张成为干儿子。并同意选个良辰吉日，备下丰厚的聘礼，托大媒到府台大人家中去提亲。

　　府台大人只有这一个女儿，向来眼高于顶，这个看不上，那个不愿嫁，让他和夫人十分忧虑，眼看快成了老姑娘，她居然自己看中了一个小伙子，再说那是枫泾最大的米行老板的公子，也算是门当户对，自然十分欢喜，也就爽快地答应了婚事。

　　后来，松江府台的千金小姐真的与米行老板的伙计结成了连理。那张成本身精明能干，又有大家闺秀的小姐帮扶，米行生意也越做越大，后来成了一方首富。

　　张成这个小癞痢，一念之间偷吃了老板的鸡，眼看又闯了不大不小的祸，好在因为脑子活络，凭几句花言巧语，引得老板"上当"，最后竟成了府台大人的乘龙快婿，这个富有传奇性的故事，让当地人津津乐道，都说这小癞痢真是绝顶聪明。所以，时至今天，枫泾一带还流传着这样一句话，叫"麻子再乖，也只能帮癞痢拎草鞋。"

火烧桥

　　在枫泾镇西南角，有一条二三十米宽的河流叫徐泾港。港的东边是现在的枫泾镇寒泾村，西边是浙江省平湖地界。

　　相传，明末清初，这里有一个非常繁华的集市，依港临水，两边各有数十家店铺。不过不知是约定俗成还是其他什么原因，隔港两边的经营范围可说是泾渭分明，各不相同。港南的店铺经营的都是食品，像豆腐作坊、茶楼酒馆、肉庄、南北杂货店等。而港北开设的均是生活用品商铺，裁缝铺、旧货摊、棉布店、理发店等。一句话，凡吃饱肚子的都在港南，生活用品都在港北。一个集镇，隔港相望，中间靠一座树木为桩、松板为面的木桥相连。两岸村民，到南镇购食品，上北镇置用品，倒也方便。

不想在一个月黑风高的深夜，北岸一个嗜酒如命的酒葫芦阿三，在南镇酒馆吃得醉眼朦胧，离店时店家见天色漆黑无光，怕他路上出事，给他点了一个松明子火把。阿三手举火把，一步三摇地走到桥上，被港面刮来的凉风一吹，感到浑身舒服，索性在桥面上一坐，背靠桥栏休息，不多一会儿竟睡了过去。想不到这一睡就睡出了祸根，手中松明子火把掉到了松木桥板上，引燃了木桥，等到人们发现，木桥已化成灰烬，阿三也已坠江而死。

　　木桥被烧毁，两岸便断了通道，这可苦了两岸村民。南边的村民难到北边购家什，北边的村民难到南边买食物。在这种情况下，由一个叫侯友赛的豆腐店老板牵头，挨家挨户上门劝捐银两，然后购木料，请工匠，准备重新建造一座木桥。

　　就在木桥动工的前一天夜里，一个衣衫褴褛的中年人走进侯友赛的豆腐店，自我介绍说叫邢三，有事要和侯老板商议。

　　侯老板见那邢三神态猥琐，尖嘴猴腮，心里就起了轻视之念，爱理不理地问他有何话说。

　　邢三说道："侯老板，我知道你们正在筹钱建桥。这两天工匠们拜了观音，也拜了土地神，连太上老君都拜了，却唯独落下了一尊神仙没有祭拜。怕是那神仙怪罪时你们受不了啊！"

　　侯老板一愣，不知道自己错过了哪尊大神。

　　"就是我们火德真君，火神爷啊！不瞒你说，小人就在火神庙里当庙祝，可惜小庙破败，也没几个人敬献香火，冷落真君日久。现在你们明明知道上一次的木桥是毁于大火，事后也没人去火神庙里祝祷拜祭。这次马上要建新桥，却还是不把火神爷放在眼里。他老人家本来性烈如火，脾气古怪，万一怪罪起来，小人担心吃亏的是各位啊！"

这番话提醒了侯老板。他连声称是，请这位邢三庙祝在家里吃了一餐饭，当夜就和几位发起人以及工匠师傅的头儿说了此事。第二天一大早，这群人就带了三牲祭礼，来到火神庙里祭拜。

到了这庙前大家才发现，这火神庙又小又破，缩在居民区里几乎引不起人的注意，难怪几乎没人知道这附近还有一座火神庙。

祭拜已过，邢三拉住侯老板，又提出了新要求。据他说，这火神庙太寒酸了，火德真君如此委屈，以后难保不继续生事，最好各位老板再筹集一笔款项，给火德真君重塑金身，新建庙宇，定时供奉，这样才合情理。

这邢三打得一副如意算盘。他既然是火神庙的庙祝，给火德真君的所有供奉，享受的自然是庙祝本人。他本来是个流浪汉，自以为找到了一个万年永固的铁饭碗，所以再次提出要求。不想众位老板也不是好蒙的，岂能看不出他的小把戏？最重要的，修桥的资金已经是各位勉力筹措，每户店家都出了一笔不小的款子，如今要大动干戈重建火神庙，实在为难。所以侯友赛和众人略一商议，一口回绝了邢三的提议。

闲话少叙，经过工匠们一个多月的日夜忙碌，新的木桥又修建起来，比从前那座还要结实美观。木桥落成之日，两岸居民像过年节一样开心，锣鼓唱戏足足热闹了一天。

新木桥一落成，两岸集镇又恢复了生机。但是意想不到的事再次发生。新桥落成不久之后的一天深夜，两岸村民突然发现整座木桥又一次燃起冲天大火，火光照亮了夜空，把两岸照得如同白昼一般。

这次失火还是人为的。原来，当晚有一只收满稻草的木船停靠在桥下过夜，船户夫妻俩做好晚饭吃过后把火熄灭，见天色不早，都躺下安歇了。不知道怎地，满船稻草突然燃起了大火，赶上夜风刮过江面，干稻草加上木船，火势越来越旺，两岸的人纷纷跑过来救火，附近停泊的船也赶过来帮忙。可惜，风助火势，火助风威，众人根本近前不得。大火顷刻将这新建的木桥烧了个精光。

木桥再次被烧，损失最大的自然是店铺老板们，钱花出去了，两岸村民却难以自由往来，老板们的生意一落千丈。没办法，生意还是要做，饭也要吃，人们只得凑在一起，再次商量凑钱建桥的事。这时，侯友赛老板说道："看来火神爷爷的确是在对我们不满意，咱们还是按照那邢三说的去办，把火神爷爷侍奉满意了，再谈建桥的事吧。否则建起来那么难，烧毁只在顷刻之间，谁也折腾不起啊！"

众人纷纷称是，于是集体来到那座又破又小的火神庙烧香祭拜，说明了决定在他处改修大庙的打算，请火德星君保佑。

大家祝祷已毕，正在和那庙祝邢三商量新庙选址一事，突然，邢三双眼发直，扑通一声栽倒在地，口吐白沫，手足抽搐。众人大惊失色，急忙扶起他来，却见他翻着白眼，冷笑一声说道："火德星君乃天上星宿，岂能为一点私心降祸于民？你们安了这份心，先就是大不敬之罪！"各店铺老板听这声音和邢三的绝不相同，有人认为是邢三在装神弄鬼，不知道又想打什么鬼主意，也有人认为是星君下凡，附体在庙祝身上。

众人面面相觑，不知如何是好。此时那邢三又大咧咧说道："你这混账东西，借我的名义混点吃喝也就是了，千不该万不该，你不该败坏我的名声，明明是你半夜时分去那桥上引燃了草垛，却又赖在我的头上，让愚民们以为我火德星君是那睚眦必报、欺压良民的烂神！是可忍孰不可忍，看你报应到几时！"

这话说完，那邢三突然跳起来抱着头叫道："我知错了，火神爷爷饶命啊！"只见他的头发衣服都已经燃起了火苗，他上蹿下跳，在地上翻来滚去，发出的叫声俨然不是人类。

众人惊骇欲绝，哪敢靠前。有人于心不忍，端过水盆往他身上泼洒，却如同火上浇油一般，那火势更旺了。有人低声嘀咕,此人此刻是被火神星君的三昧真火焚烧,凡间的水又能起什么作用!

眼见邢三的声音逐渐微弱,躺在地上不动,已经是没了气息。众人这才上前,纷纷跪倒在火神爷塑像前诚心祝祷,火神爷面相威严,再也没有什么下凡附体之举。

众人出钱,把邢三葬了,开始凑钱先为火神爷塑了像,再凑足了银两,建一座新桥。为了防止新桥再出意外,从桥墩到栏杆都用石头修筑。但由于桥面跨度太大,中间的桥板一时没有足够的石料,只能选择上等松木。通过近六个月的修建,一座石木结构的新桥又告完工。这一下,两岸商铺又恢复了往日的繁华。

为防备不测,除了按时去火神庙烧香上供之外,各家商铺还约定,每晚出人轮流在桥头值班。这样,一年很快过去了,石木桥完好如初。人们开始松懈下来,高枕无忧。但有道是天有不测风云。一个夏天的傍晚,天上乌云密布,电闪雷鸣,眼看一场雷阵雨就要来临,突然,有人发现一声炸雷响过,天空竟飘下一个箩筐大小的火球,只见这火球通体火红,光芒四射,顺着港面上的狂风,上下翻滚着向石木桥飘去。不多一会,猛地撞到桥桩上,只听到"轰隆"一声巨响,一道白光一闪,整座桥已炸毁在江中。人们目睹眼前的景象,吓得目瞪口呆。从此以后,人们再也不敢在这里修桥了,而断了贯通两岸的交通,两岸的集镇也逐渐萧条，最后集镇也不复存在了。

其实，这火球根本不是什么妖魔鬼怪，按现在的说法，是一个球状闪电，也就是说是一个没有炸开的雷击。尽管比较少见，但确实是一种自然现象，在随风飘荡中，一旦受到撞击，就会爆炸，而且破坏力非常大，但在当时，人们根本没有这方面的知识。第一次桥面失火纯属意外，第二次纯粹是人为，第三次是大自然发威，就是放在今天，也没有什么有效的措施防范。但是在当时的人们看来，却难免把这账算在火神爷的头上，人们纷纷传言，火神爷脾气暴躁如烈火，供奉稍有不慎，就会给人间降下灾祸，还是小心供奉为是。所以那之后，火神庙里的香火一直不断，成为当地奇事。

现在，这里早已修筑了一座水泥大桥，百十年过去了，这桥仍十分坚固，但尽管这水泥桥也有名字，当地人都说不上来，只管叫它火烧桥。

天香豆腐干

　　清朝嘉庆年间，枫泾镇北栅有一座施王庙，庙的旁边有一家张记豆腐干作坊。这张老板为人和气，乐善好施，他制作的豆腐干做工精细，选料考究，因此生意比较兴隆。

　　但是，这北栅有一条河横贯而过，当时河上没有一座桥梁，因此，镇西的香客要绕很大一个圈才能到施王庙进香，非常不方便。这张老板看在眼里，便萌生了要建一座石桥的念头。为此，他一方面自己积蓄银两，同时又牵头发动枫泾商行募捐，终于筹足了建桥所需的银两，叫来工匠开始建桥。经过三四个月的施工，石桥即将建成。当天，仅剩最后一块桥心石铺完，即告竣工。

　　为此，张老板一早起身，精心制作了七作豆腐干，准备宴请这些工匠。他们夫妻俩正在忙碌，店门口来了一位满头银发、长须齐胸的老人，只见他衣衫褴褛，挂着一根树枝样的拐杖，来到店门口说要讨点吃的。

张老板一家今天一早起身做豆腐干，忙得连饭也没有烧，一时没有剩饭剩菜，怎么办呢？他灵机一动，从米缸里舀了一碗白米，拿过老人家背着的讨饭褡裢，把白米倒进去，和气地说："抱歉了老人家，我家里今天没有剩饭剩菜，你拿这米回去做饭吃吧。"

他本来以为自己的举动和言辞都十分得体，不料老者勃然大怒，翻过褡裢用力一扬，白米合着一些不知名的种子洒了一地。那老者还大声骂道："你这年轻人，我听说你是这枫泾镇上难得的大善人，这才走来和你讨一碗饭吃。我现在饿得两脚无力，要这米何用？何况我这褡裢里本来装的是天上的仙树种子，如今掺在一起，怎么得了？"

这番话骂得张老板作声不得，他的妻子忍不住气，觉得这老者把好心当成驴肝肺，实在太过分，就要出去吵他几句，被张老板一把拖住，劝道："他一定是饿狠了，才这样气恼。再说我没有看清他褡裢里另有树种，难怪他生气。"张老板想想，自己确实没有饭菜，因此掏出一些零散银两，要老人自己到前面那条街上的馄饨摊上买碗馄饨吃，那些树种等有时间了，他们夫妻再去捡起来还给老人。谁知老人怒容未消，不接银两，说慕名而来，只要吃张老板家的东西。

这边做着的豆腐干还没有完工，那边桥上正要合龙，面对这样固执的乞讨者，如果换了别人肯定不会再理他，但张老板心地确实善良，他想也许是老人肚子饿慌了，腿脚发软走到前面街上也的确困难，急需充饥，所以，他想了想对老人说："老伯伯，我这里真的没有一点饭菜，这样吧，我这儿有正在做的豆腐干，吃几块也能充充饥。你要是不嫌弃，就吃几块吧。"说完，从箩筐里抓了一把豆腐干送到老人面前。

老人当即一把接过豆腐干，边说谢谢，边狼吞虎咽吃了起来。几块豆腐干落肚，老人的脸色也明显好转，看得出吃得很满意。可是万万没有想到，他抹了抹嘴巴，却对张老板说："老板，你这豆腐干实在是难吃，还要给干活的工匠们吃，打发我这要饭的花子也不够，只配拿来喂猪！"说完，他突然从当作拐杖的树枝上扯下一片枯树皮，又捋了几片树叶，一股脑都扔进了正在烧制的铁锅中。

这一下张老板有点急了，这可是做好了要送给工匠们吃的啊！这下扔进了脏东西，还怎么招待客人了？正在这时，负责造桥的工头急匆匆地跑过来说："张老板，碰到怪事了，这桥心石也放上去了，可随便怎么摆放总放不平，我们想了许多办法，用石头嵌，用砖头垫，就是垫不稳，你快去看看吧。"

张老板一听，顾不得再和那讨饭老者纠缠，立即和工匠一起来到现场。只见整座桥也基本落实，但几个工匠正围着桥心石，左摆右弄，可怎么也摆不稳，张老板一看也傻眼了，虽说稍微有点不稳也无什么大碍，但新建的桥有这么一个瑕疵总不太好。

就在这时，刚刚讨豆腐干的那位老人不知何时也来到了现场，只见他大咧咧地上了桥，在桥心石上来回走了几步，再俯下身子左右看看，对张老板说："老板，这缝隙用其他东西确实很难嵌平，这样吧，我刚才还吃剩了一块豆腐干，用它垫进去准行。"说完，随手将豆腐干塞了进去。

不等张老板说什么，旁边的石匠们一听用豆腐干来垫石块，都觉得非常可笑，一起喊着赶老人走开，不想老人已把豆腐干垫好，起身拍手对大家说："现在好了，你们来走走试试。"说完带头从桥西走向桥东。张老板一见，将信将疑地走上桥心石，真叫奇怪，刚才上下晃动的石板现在真的被垫得严严实实，不但没有了晃动的感觉，而且还暗暗觉得有一点奇妙的弹性，脚底板很舒服。

就在众人啧啧称奇时，老板娘急匆匆赶来，大声喊道："当家的，快回家去看看！那锅豆腐干出了奇事！"张老板吃了一惊，想起刚刚被老人把锅弄脏了，他来不及再和那老人说话，急匆匆跑回家去，一走进自家那条街，远远地就嗅到一股异香，让人精神大振。

张老板三步并作两步冲进院子，香气越来越浓郁，引人馋涎欲滴。香气最浓郁的地方，正是那口煮着豆腐干的大铁锅里。张老板随手捞起一块豆腐干闻一闻，清醇的香味透心怡肺，放到嘴里细细一品，竟是满口清香，沁人心脾。他忽然醒悟了，这老人哪是什么难缠的老乞丐啊，一定是一位神仙，特意来试探自己，然后才给自己送来了宝贝。这老人一定不是凡夫俗子！他立刻飞奔回桥上，可那老人早已不知去向。问其他的工匠们，也没人能说出那老人去了哪里。

　　石桥顺利建完，鞭炮放过，工匠们一起来到张家吃豆腐干。没有任何意外，每个人品尝到豆腐干的第一口，都忍不住发出一连串的惊叹，他们吃了大半生的豆腐干，却第一次品尝到如此美味！

　　听着众人的夸赞，张老板却是又喜又愁，喜的是今天竟然得遇高人相助，既垫平了石桥，更烧出了异香四溢的豆腐干，只怕海内也是独一份！愁的是当初没有问清这香料究竟是何物，老人已经走了，今后到什么地方去弄这香料去呢？就在愁眉不展之时，他猛然发现店门前的空地上，正矗立着那老人当作拐杖的树枝，走过去一看，不禁心花怒放，只见这树枝已经发出点点绿芽，你想，这异香就来自这树枝，现在这树枝已经发芽成活，今后还用愁香料的来源吗？而那堆被倒在院子里的树种，都已经钻出了小苗，看叶片，和那根树枝正是同种。

此后，张老板就靠这取之不尽的特殊香料，烧制出异香扑鼻的豆腐干，而这香料究竟是何物，谁也说不上来。只有张老板坚持认为这是天上的神树，是神仙特意下凡送给人间的。为此，张老板就用"天香"二字形容这香料是天降异香，并让人制作了铸有"天香"二字的锡块，在每一块豆腐干上印嵌出天香二字。

从此，天香豆腐干历经百年，盛名不衰。

失灵的泰山石敢当

很久以前，在新义村杨家村有一个很大的荷花池，每到夏天，池塘里鱼儿嬉戏，荷花绽放，映衬着清清碧水，风景迷人。不过这风景在当年却不是随便什么人都能赏玩的。原来，这是杨大户家的私人财产。

这杨大户富甲一方，为人却十分吝啬刻薄。他家里奴仆成群，吃喝不愁，美中不足的是，他的一妻一妾生了两儿三女，三个女儿都还健康，两个儿子却在出生不久就死了。眼看万贯家财没有儿子继承，杨大户是四处求神拜佛乞求一子。

那天，杨大户刚拜了送子观音从庙里出来，有个道士主动与他打招呼说："老员外既然来拜送子观音，一定是家里人丁不旺吧？"

失灵的泰山石敢当　207

杨大户被说中心事，不由点头。这人又说道："您家宅基的风水有问题，就是拜几十年的观音，也没用啊。"

　　这句话让杨大户心里一跳，他何尝没想过这个，也请过几个风水先生，用了好多法术，也没见一点效果。此刻见这道士似乎是个高人，于是深深作了一揖，请他到家中一叙。

　　道士说他叫妙空，祖上就喜好周易八卦。他围着杨家大宅转了三圈，说出一番话来。

　　"员外，您家男丁留不住，罪魁祸首就是您那荷花池，这池在你家宅的东北位，风水上明显是克男丁的呀。"杨大户当即起身，拉着妙空的手连声追问，到底怎么个不好法？有没有破解之法？

　　按妙空说法，东北为艮宫，属土，是主小男孩的位置，现在这方位是一个大大的荷花池，这样被水反克，怎样留得了男丁。

　　杨大户忙问，是否把池塘填了就好了，妙空说，因为这荷花池已年代久远，阴气积聚太久，填了也不能破解，唯一的办法是弄两块千里之外的泰山石，楔入水中才能镇住。

　　这番话说得杨大户迷惑不解，忙问妙空，为什么要跑那么远运泰山石？离新义村一天多路程的杭州附近，就有石头出产呀。妙空连连摇头说："泰山乃秦始皇封禅过的天下第一山，泰山石就是泰山之子，用来祈福辟邪，最是灵验不过，俗称泰山石敢当。连那京城宫里头，都用泰山石镇着呢！您这宅子里的邪气太重，若不是用万钧之重的泰山石，只怕压不住它！"杨大户大吃一惊，万钧巨石，那要怎么才能运回到家来呢？

妙空捏着指头摇头晃脑念念有词好一阵，才慢吞吞地说："这事儿我能为员外办成，不过需老员外随我同行，花多少银子，都不能抱怨。"

杨大户连声表示只求解除煞气，只要后继有人，耗费千万金也在所不惜。妙空算好了良辰吉日，等到九月初一，一行人出发前往泰山而去。

一路上日夜兼程，终于到了泰山脚下，妙空带着杨大户奔波各处求购，终于搜购到两块万钧巨岩。这两块大石，长约二丈，宽高各一丈有余，少说也有几十吨重。杨大户看着妙空，不知道这庞然大物要怎样才能运回到千里之外的新义村。

妙空却胸有成竹。先雇了两百多名身强力壮的人夫，带着他们连夜打造了两辆巨大的雪橇，两百余人合力把大石滚到雪橇之上。众人用绳索拉的拉、用棒槌撬的撬、用手推的推、用肩扛的扛，一步一步艰难地前行，同时在雪橇前行的路途安排数人专门泼水让路面结上冰，以减轻阻力。

就这样，这支队伍行走在隆冬的官道上，长途跋涉，历尽艰难，终于来到了江南地界。此时已是正月末的光景，江南即将结束春寒，气温开始上升，而此时的众人，已精疲力竭，如果地面不结冰，实在拉不动这两块巨石了。

杨大户眼看家乡在即，却寸步难行，急得满嘴起了燎泡。那妙空却不慌不忙，说道："我今晚作法，让天降大雪，咱们依旧可以不耽误赶路。只不过，小道一直有个心愿，想建一座道观。现在诸事齐备，只差数百两银子的工匠钱，您看……"

杨大户一听这话心中半信半疑，虽然这妙空有点本事，可是初春时节在江南下雪，还真不多见。所以他咬咬牙对妙空说："只要大师真能让天降大雪，我愿出这五百两银子帮大师了却心愿。"

当天晚上，不知道妙空关在房内鼓捣些什么花样，不到半夜，竟然北风凛冽起来，不久，鹅毛般的大雪纷纷洒落，杨大户喜从天降，赶紧唤起了人夫，连夜赶路。

这场大雪带来一股寒流，居然持续了二十来天，等到天气转暖，大石已运到杨家荷花池边。

两块巨石在杨家落了户。杨大户问妙空如何放置，妙空说，一块大石凿成整体相连的河埠，镇在荷花池东北方位，叫步步（埠埠）高升，另一块泰山石，凿一条石船，停放在荷花池里，这叫岁岁（船船）平安。如此这般，不仅能镇了那阴气，还可保佑杨家岁岁平安，杨家后人步步高升。

此时此刻，杨大户哪里还有什么主意，一切都听凭妙空安排了。几个月后，在凿石阶和凿大船的工匠们叮叮当当的锤凿声中，杨大户的小妾又鼓起了肚子。

这一天，河埠和石船都完了工，并在妙空的指点下安放完毕。可是，生性吝啬刻薄的杨大户却以种种理由克扣了石匠们的不少工钱，石匠们找到妙空说理，不料那杨大户连妙空也不给一点面子，他阴沉着脸对妙空说："你当我不知道吗？什么作法降雪，你不过就是粗通些天文地理，算准了那几日要下雪，装神弄鬼糊弄我。什么要建道观，存心是讹我的银子罢了，识相的你及早滚蛋，不识相我把你交到官府法办。"

妙空一听是又惊又怒，指着杨大户喊道："想不到你是个过河拆桥的小人，你出尔反尔，我料你这辈子生不出儿子！"然后拂袖而去。

一个多月后，杨家大宅门里传出响亮的儿啼声。声音此起彼伏，竟然是生了一对双胞胎，但杨大户一看，都是女孩。从此以后，杨大户的一妻一妾比赛似的，你争我赶，一个接一个生，三年内又生了四个，可清一色都是女孩。

杨大户儿子没盼到，生了一堆女儿，这下杨家的院子里燕语莺声，花红柳绿，加上9个小姐的嬉闹声，简直吵翻了天。

闹一点倒也没什么，可女儿多了，洗澡都是问题。杨大户无可奈何之际，眼珠瞟到了荷花池里的大石船。自从凿好，一直停在那里没什么用。干脆，用石船做女儿的大浴室吧。

杨家打通院墙，给石船装了顶棚，又精心布置了一番。其后，经常可以看到9个小姐上石船洗澡的身影。从那时起，不少小伙子有事没事总爱在杨家的荷花池旁转悠。

直到杨大户渐渐老了，杨大户再也没有生下一个儿子。他到老都不明白，都说泰山石灵验，可他出大价钱花九牛二虎之力弄来的那泰山石，为什么没能镇住邪气，为什么没能保佑他生下一个儿子呢？

这一天，杨大户上街，看到前面有个人依稀眼熟，仔细一看，正是那妙空道人。此时两个人都已经老迈，恩仇情冤也看得淡了，杨大户开门见山提出他多年来百思不解的疑问。

妙空说，泰山石最堂皇正气，讲究天圆地方。可杨家凿的石船和河埠，都在不太引人注意的东北方位被人有意凿缺了一只角。这个位置缺角，用妙空的说法，那可是主损男丁的厉害一招，杨家花尽心机，就是因为缺这一只角，而前功尽弃。其实，妙空早已发现了这一点，他不知道是懂行的工匠恨杨大户吝啬呢，还是无意中的巧合。本来杨大户只要善待石匠和他，他就会说破此事想法弥补。可由于杨大户过河拆桥的小人行径，到底还是没能争过没有儿子的命。其实说是命也不是命，用一句现代人的话说，也许就是性格决定命运吧。

这件公案到底是真是假，时至今日也没有人解开谜底，可那见证了王朝更替兴衰的石船和河埠，都在建国后为了平整土地种粮食给埋掉了，现在还在原址的地下沉睡，如果有朝一日把它挖掘出来，也许是个价值连城的文物也说不准。

兴塔地名的由来

　　枫泾镇东面原来有个兴塔镇，现在已经合并到枫泾镇，但，兴塔那个地名还在。然而，这里还流传着一句俗语，叫"兴塔没有塔"。那没有塔为什么还要以塔为名呢？原来这个地名的由来有着一个曲折的故事。

　　北宋初年的时候，枫泾镇白牛村有个叫冯五的庄户人家，娶妻田氏，生下三儿二女。由于夫妻俩勤俭持家，相亲相爱，虽是粗茶淡饭，荆钗布裙，却也生活安乐，和和美美。冯五六十岁去世，两年后，田氏也染病走了。儿女们按照母亲生前的交代操办了丧事，吹吹打打三天整，就要把棺材抬到墓地去和冯五合葬。

　　一切事宜准备就绪，吹鼓手也开始奏响哀乐，帮忙的邻居刚要抬起棺材，冯家院子外面突然传来杂沓的脚步声，一个声音高叫着："不能下葬！"随即几十个人闯进了院子，逼着冯家人放下棺材！

所有亲友都是大吃一惊，同时也极为愤怒。要知道，哪朝哪代，都讲究个死者为大，像这样阻拦死者下葬的事，放到任何人家，都是人神共愤的大恶之举！这是一群什么人，居然敢如此冒天下之大不韪，做出这种断子绝孙的勾当？

冯家长子冯材是个老实守礼的庄户人，虽然气愤填膺，也懂得肯定事出有因，于是摆手阻止亲友叫嚷，上前问道："你们是些什么人？为什么胆敢阻挡家母下葬？误了好时辰，我们要去官府告你们，到时候可别怪我冯家无礼！"

对方阵营里站出来一个穿着打扮气度不凡的中年人，黑着一张脸，厉声喝道："冯家人听着，我是后涂村金白礼，今日我母亲去世，我是奉了族长之命，特来迎接我母亲回到后涂村，和先父合葬！有敢于阻挡的，打死勿论！闲话少说，金姓族人，马上迎请我母亲回村！"他的话音刚落，那外来的几十人一拥而上，把冯家的人赶散之后，抬起灵枢就走。冯家人也急了，上前争夺，被金家断后的几十个壮汉打得七零八落，哭爹喊娘。没一会儿功夫，那群人抬着棺材走出了白牛村。

光天化日，母亲尸身居然被抢，这等奇耻大辱谁能忍得！冯材立即召集村里所有壮年，集结在一起准备追去后涂村再把人抢回来。不料老族长问清事情的来龙去脉，却摇头叹息道："还是别费事了。看那金家的意思，势在必得，抢回来也还会再生事端。你母亲一生辛苦，死了还不得安生，还是罢了吧。"

这一番话让冯材目瞪口呆，忍不住悲愤地说道："族长乃一族之长，族里大大小小的事都是您老担承，现在我母亲的遗体无缘无故被人抢走，请您老做主，哪能就这么算了呢？"

老族长叹道："你不知道那金白礼，是后涂村有名的混世魔王，从小读书不成，改为习武，后来又在外经营商业，挣得了好大一份家业，连知县老爷都是他家座上宾，称兄道弟。要不是有官府的人撑着，他哪有这么大的胆子？"

冯材起身就走："也罢，没想到您老乃一族之长，居然如此糊涂软弱！我也不敢麻烦您老做主，这就一面着人去抢回母亲，一面去县衙门告状去！倘若告不赢，还有知府衙门，还能去京城告御状！"

老族长大声说："这官司，你就是打到京城，只怕是皇帝也难以断案！"

冯材的脚步立刻停下，回头问老族长，到底咋回事？为啥这个金白礼仗着有几个臭钱这么嚣张！

老族长摇头道："跟有钱关系不大，这金白礼不是别人，正是你同母异父的哥哥！田氏是你母亲不假，可也是金白礼的亲生母亲，人家安葬母亲尽人子之道，到哪里能说他不对？"

原来田氏本是松江人氏，自幼知书达理，美貌出众，15岁上嫁给了后涂村的富户之子金二为妻，婚后一年产下一子，就是那金白礼。

田氏为人纯善本分，每日里操持家务，勤勤恳恳，人人称赞。可惜金二是个败家子，懒惰成性不算，还赌博吃酒，喝醉了就打老婆，没钱赌就卖家当田地。田氏温柔贤惠，苦劝丈夫不听，只能是抱着儿子垂泪。就这样过了五年，因为酒后赌博赖账和人争斗，金二被赌友打死。田氏凄凄惨惨安葬了丈夫，五七一过，金二的大哥金大就带着族人来到田氏家中，口口声声说金二已死，已经查明是田氏八字克夫，现在族人商讨决定，把田氏逐出金家，儿子金白礼留下，由族人抚养。

田氏惊骇欲绝，这真是祸从天降！她抱紧儿子嚎啕大哭，说什么也不肯离开，却被金家族人乱棒打出，她的衣物也被扔了出来。田氏只好挨家求情，希望族亲们能够说情不要赶她离开金家。实在非离开不可的话，也让她抱走儿子，母子俩不要财产，只要一间能够遮风避雨的茅屋即可。儿子才四岁，离不开妈妈。可是金大骄横暴虐，族人都惹不起他，家家闭门谢客，没人肯仗义执言。

田氏走投无路，也没脸回娘家，迈开小脚走到白牛荡附近时，天色已晚。她走下河里，决定投水而死。正在河水中挣扎时，路过的冯五见到，急忙跳下了河，游过去救起了田氏。田氏已经昏迷过去，被冯五救醒后问及家人在哪，要送她回家。田氏只有垂泪不语，打定主意，等冯五一走，就再去寻死。冯五无奈，见天色已晚，只好把田氏背回家中，说是今日救了一个哑巴。冯五的老母亲把田氏放到床上，煨汤喂水，尽心照顾，田氏心中感动，不由得痛哭失声，诉说了自己的遭遇，冯家母子也陪着落泪。

田氏无处可去，决定出家为尼。冯家老母亲挽留她说，小娘子青春美貌，只要遇到对头人家，还有好好大半辈子可过。自己儿子冯五勤劳肯干，唯一缺憾是一条腿有点瘸，一直讨不到老婆。如果田氏不嫌弃，不如就在自己家里一起过日子，可好？田氏也想是从一而终，不事二夫，可又想那冯五的救命之恩无从报答，看冯母慈眉善目，那冯五也老实忠厚，犹豫几日也就应了。婚后二人夫唱妇随，彼此珍惜敬重，孝敬老母，日子越过越好。田氏经常因为想念留在金家的长子偷偷哭泣，总是做梦梦见他吃不饱穿不暖。于是冯五哀求族里的头面人物陪同去说和，希望能把金白礼接到生母身边抚养。可他们每次上门都被金大及族人痛打出门，慢慢地，田氏也就死了心。因为这是田氏毕生之痛，冯氏族人敬重她的为人，体谅她的辛酸，所以都不肯提及，作为儿子的冯材又哪里知道母亲还有这一段惨痛的过去！

冯材听到这些不由得大为震惊，难怪那金白礼来抢人！看来也是想让生母和他的父亲合葬了。可是自己又怎么咽得下这口气？母亲在金家不过5年，在冯家可是过了40年！她老人家泉下有知，也绝不会愿意和那个不成器的前夫合葬的！

老族长说："大宋有律法规定，如果女人事二夫，殡葬时如有争议，以原配先夫为大。所以你就算去告，也一定会输。还是算了吧。"

原来如此！冯材只好把这些原因告诉了族人们，大家虽然气得咬牙切齿，却也无可奈何了。

却说那金白礼，把生母抢回家以后，在家里大办丧事，极其隆重。这些年金白礼做买卖发了财，已经是方圆几十里数得着的大财主。这回抢回生母办丧事，人人都来趋奉赞他是天下少见的大孝子，他自然志得意满，摆足了阔气。

七天后，田氏该出殡了，不料却发生一件异事，让整个后涂村的人议论纷纷，人人胆寒。原来下葬前打开棺木净脸，金白礼与在场的人同时发现，田氏尽管经过了这么多天的折腾，仍然容颜如生，诡异的是她双眼微张，满脸愁容，眼里在流眼泪。金白礼吓坏了，难道生母复活了？他去摸母亲的手脚，冰凉梆硬，也没有呼吸，死是肯定的了，可为什么死去的人会流泪呢？金白礼心慌起来，事已至此，哪还能再变化，于是他给母亲拭去眼泪，默默祝祷几句，一咬牙喊一声："抬棺，下葬！"

田氏和金二合葬在一起，为了表达对生母的孝心，金白礼陪葬了不少首饰在棺材里。却引起了盗墓贼的觊觎。几天之后，合葬的墓就被挖开了，墓里的贵重物品被盗挖干净。得知消息的金白礼急忙赶过去，又是一惊。墓里的财物丢了不算，母亲和父亲的骸骨合葬时本来是平躺在棺材里的，可眼前的母亲居然是侧脸背对着父亲的骸骨，脸上还满是泪痕。

　　金白礼的脚都软了，一边安排重新安葬父母，一边吩咐报案。

　　案子很快破获。在与盗墓贼当庭对质时，金白礼特意问起母亲的尸身是不是被人动过，盗墓贼却交代出一件更诡异的事。他说，他们听说金大财主葬母时随葬了很多首饰，于是白天踩点以后，深夜赶去，不料走近墓地时却听到坟墓中有人在吵嚷，男的骂女的不守妇道，一身事二夫，还有脸葬在他金家祖坟！还不赶紧滚远点儿！女的也骂男的，赌博酗酒，泯灭良知，坑害得她母子分离不算，还害她死后不得安生！

　　盗墓贼虽然胆大包天，却也不由得两腿打颤，最终还是贪欲占了上风，掘开坟墓，拿走财物，至于尸身，他们哪敢搬动一下！

　　金白礼完全惊呆了，至于县官怎么断案，压根听不进去，糊里糊涂离开大堂，回家后睡了几天，起来后在自己的后涂村和白牛村挨家询问。几天后，母亲与前夫之间的恩怨已经完全清晰,不由得悔恨交加。从小大伯就告诉他,他母亲不守妇道,跟人私奔,抛夫弃子,活活气死他的父亲,想不到真相居然如此!念及母亲在地下的痛苦,金白礼愧疚难当,心如刀割。可是再把母亲送还给冯家亦不可能,这时,一个测算阴阳的先生告诉他,想要赎了对母亲不仁之罪,只有一个办法,那就是必须兴建一座禅寺,用来给父母以及那个爱护了母亲大半生的冯五祈福,才能得到母亲的宽恕。

由此,金白礼就找能工巧匠设计图纸,开工修建,一年多以后,一座宏伟的禅寺矗立在后涂村和白牛村之间,按照阴阳先生的建议,取名为兴塔禅寺。寺里供奉的是普贤菩萨圣像。寺院之后是一座白塔,供奉了金白礼的父母和冯五三人的牌位。寺院建成后,香火鼎盛,十里八乡的人纷纷来祈福朝拜。金白礼经过这一年多的忙碌,对过去追欢逐利的生活逐渐厌倦,开始经常住在兴塔禅寺,日常和寺里的僧众讲经说法,痴迷日深。再过几年,他受佛法熏陶已久,这一日梦见一个看似面熟的老妇人,拉着他的手道谢,他猛然醒悟,这正是生母田氏啊,不及说话就惊醒了,一时之间大彻大悟,索性剃了光头,正式皈依为佛门弟子,法号慧月。这些年里,他和冯家那些子弟的关系一直和睦相处,扶持他们各自家业兴旺,这也是为了让九泉之下的母亲安心。

后来,兴塔禅寺历经800多年,始终香火不断,清乾隆年间禅寺附近已经形成集市。直到 1862 年同治元年时，一场兵火把整个禅寺焚毁了。

虽然禅寺被毁，但兴塔两字却一直留了下来。慢慢地就成了这里的地名，一直到新中国成立后建立乡镇，兴塔两字就成了乡名。

嘉靖帝"暗"赐跨湖桥

　　2004年12月17日，来自国家文物局、中国社会科学院考古研究所、故宫博物院以及北京大学、浙江大学等8所大学与11家权威博物馆和考古研究机构的35位专家学者，汇集在一起，召开专题考古学术研究会。会上，一个重要议题是确定20世纪90年代在萧山湘湖区域发现的距今有八千年的文化遗址的命名。

　　关于文化遗址的命名，一般来说，是选用发现这一遗址之地的地名。这湘湖区域发现的遗址，照理，有两个地名可供选择：一是湘湖，是萧山的母亲湖，二是越王山，是越王勾践卧薪尝胆之处。不论从哪个角度来说，这两个地名中的任何一个，都有资格用作这文化遗址的命名。但是，出乎人们意料的是，

35位顶尖专家经过反复斟酌讨论，决定选择湘湖上一座长不及15米宽不足5米的单孔石桥——跨湖桥来命名，一致同意把这个人类活动的见证历史向前推了近两千年的文化遗址，命名为跨湖桥文化。这名不见经传的普通石桥，究竟有什么不同凡响的故事，征服了这些满腹经纶的专家学者？请听我细细道来。

那是明嘉靖三十三年也就是1555年的春夏相交之际，在湘湖边的一条官道上，行人如织。这一天是当地的庙会，附近方圆几十里地的乡民拖儿带女，挑担提篮，都来赶集。

行人中有一个着装素朴的老者，背着手缓缓行来，他正是中书舍人的孙学思。老家就在这湘湖边上的孙村。他少年科考得中，一直在京为官，这次是因为老父去世，经皇上恩准在家丁忧。

就在这熙熙攘攘的人群中，有一对父子引起孙学思的注意。那老者衣着破旧，满脸菜色，筋骨粗大，一看就是长期劳作的穷苦人。可那个五六岁的男孩却细皮嫩肉，举止文雅，还说得一口官话，一看就是出自书香门第，两人差距实在太大了，而两个人的长相也是毫无相同之处，可那老者口口声声管男孩叫儿子。

孙学思想起这次回乡，多次听乡邻说起，这湘湖对面的吴村，许多人因家境贫寒讨不起老婆，为了传接香火，盛行着拐卖儿童之风。所以，对眼前的一老一少产生了疑心。于是故意吟哦道:"春种一粒粟,秋收万颗子……下一句是什么来着?下一句……"

他皱紧眉头做出一副苦苦思索的样子,那男孩果然接话说:"四海无闲田,农夫犹饿死。"

那老者盯了孙学思一眼,警惕地呵斥小孩道:"胡说什么?赶紧走!"

孙学思基本断定他们之间的关系不同寻常了,一把拉住男孩问道:"孩子,他不是你亲爹,对吗?"

男孩欲言又止,老者已经粗暴地一把拉过他去。这时,男孩忽然哭着喊道:"先生,他不是我爹!我是他买来的!"

这时其他人也都围了上来。那男孩胆子越发大了,拉住孙学思哭诉说,他生父本是一名秀才,老家远在千里之外,自己是被人拐骗出来卖给这个老者的。

围观的人义愤填膺,老者见犯了众怒,蹲下去稀里哗啦哭起来。"我也是没法子啊,俺吴村穷啊,没钱讨老婆,不买孩子就得绝户,到老就只有冻死饿死了!"

原来他是吴村的!孙学思的心事立刻被勾了起来。原来在湘湖之西的孙村,居住的都是三国时吴王孙权的后人,世代在此繁衍生息,形成了湘湖一带最大最富庶的村落。族中人诗礼传家,文至宰相,武至将军,历代不绝。因为紧靠去杭州的官道,圩镇密集,富裕发达,可一湖之隔的东岸却是天壤之别。

东岸山深林密，交通闭塞，要过湖需走一天多的路。所以尽管东岸也是物产丰富，居民的生活却极度贫困。

孙学思看着垂头哭泣的老者，不由得动了怜悯之心，心想自己在家丁忧要三年时间，反正闲来无事，索性到吴村去看个究竟，帮他们找找有何赚钱之法，说不定也能做上件善事。于是搀起老者说，老人家你也不要悲恐，请你带我到你们村去看看吧。

那老者就住在湖东岸深山里的吴村。孙学思进了吴村才知道，敢情这孙村吴村还颇有渊源。东汉末年三分天下，东吴兵败，所属军队的散兵残将纷纷逃进了这湖东岸，筑屋定居下来，慢慢繁衍生息，也就形成了一个村落——为了纪念先人，这个村子所有的人都以吴为姓。湖东岸出产的湖泥粘性极佳，是烧制砖瓦陶器的绝好原料，所以吴村人世代多以烧制砖瓦为业，却因为道路不通，要运出去只有靠人力，万分艰难。而山里出产的滋味绝美的大樱桃也只能是自生自落，运不出去。那湘湖水深足有十几丈，湖心暗流汹涌，漩涡密布，从前也有人尝试造船通行的，却因为频繁发生沉船事故放弃了念头。因为贫穷，村里的姑娘基本都外嫁他乡，小伙子们娶不上媳妇，只好买孩子延续后代香烟，生活苦不堪言。

孙学思站在湘湖岸边，遥望着对面富庶的孙村，看看眼前贫穷的吴村，心想，就是因为这浩瀚的湘湖，才造成东西两岸贫富差距如此巨大。如果要让吴村也与孙村一样富起来，只有筑一条贯通湘湖的大堤。想到这里，他脑子里迸发出一个念头：我要为这湖东岸的乡人修筑一条致富的大堤！

孙学思整整思考了三天，第四天早上，他把吴村所有居民召集到一起，说出了自己的想法："咱们孙村吴村一起筑堤。我回去就开始筹资，相信能够筹集到足够的费用，到时由我出钱，由乡亲们出力，我们齐心合力，一定要把大堤修起来！"

吴村的人还有什么话说，纷纷跪倒在地，感谢青天大老爷。

孙学思回到孙村后，立即召集了全村富户，募集善款。他特意强调说，湖东岸人力廉价，出产砖瓦质高价惠，只要大堤修建成了，两岸就能够互通贸易，彼此有利。因为他率先捐献了一大半的家产，令所有人深深感佩，这孙村的人又都知书识礼，纷纷响应，果然募集了一大笔善款。

孙学思在筹资的同时，又请来了最有名气的水利建设专家，查地貌、测水文、划图纸、定方位，一个月后，轰轰烈烈的湘湖东西两岸筑堤工程同时开始了！

开工后，孙学思不仅承担资金的运筹，还负责监督施工的质量，为了造一条子孙万代万古不毁之堤，他让吴村人把村里所有废弃的残砖瓦砾都运到堤上做充填之物，砍下千年古木作加固之桩。他对工程质量的要求到了苛刻的程度。堤修得很快，三个月后，从两岸伸展出来的大堤已通向湖心，只剩下四五丈的距离就要合拢。就在大功即将告成之际，在工地的孙学思接到皇上的圣谕，跨湖大堤必须停工，让他立刻回京复命。

孙学思大吃一惊，这跨湖堤再有个月把就要完工，现在停工，这么多人的努力和汗水不是要付之东流了吗？自己怎么跟那些捐资修堤的善人和为了造桥日夜赶工的村人交代？他赶紧使出浑身解数到处打探，终于探知了其中内情。

原来就在数日前，相隔不远的华县一带发生了一场地震，人员伤亡惨重，财产损失不计其数。嘉靖皇帝一边派员处置安抚，一边请人占卜，那占卜师说，定是近期有逆天之事发生，导致上天震怒，降下灾祸。皇帝一听，赶紧找人去查，这一下就查到了孙学思修筑跨湖堤一事。

原来这湘湖的形状像一个巨大的葫芦，孙学思修建的跨湖堤，正是在葫芦中间掐腰的一线，这堤一修，这个大葫芦就被正正好好劈成了两半。按照当时的说法，葫芦乃是装灾驱邪之物，现在要把葫芦劈开，灾难邪祟不跑出来才怪！嘉靖皇帝深以为然，这才立即下旨，让孙学思停建跨湖堤，回朝说明究竟。

孙学思欲哭无泪，却岂敢抗旨，只得吩咐暂时停工，容他回朝再想办法。临回京的时候，吴村的百姓跋山涉水拖儿带女前来相送，人人哭着跪求孙学思一定要想办法修成大堤。孙学思万分难过，洒泪应允。

照理，孙学思因修堤冒犯天威，皇上一定要严加治罪。好在他为官清廉，一直深得嘉靖皇帝宠爱，加上他之所以修这堤，是为了百姓着想，也就是说动机是好的，只是好心办了坏事，嘉靖皇帝倒也没有深究，只是下旨这堤不得再修，此事也就这样作罢了。

但孙学思一想到临回京城时吴村百姓的哭求，想到吴村的贫穷，修复跨湖堤的念头一刻也没消停过。但这堤是皇上金口玉律明令停工的，又怎能随便再议？也真叫天无绝人之路，就是这皇上亲自拍板之事，竟然让孙学思找到了翻盘的机会。

当时，嘉靖皇帝的后宫里有一位吴贵妃最受他的宠爱，可惜专宠数年却没有生儿育女，吴贵妃自然极为郁闷。孙学思恰巧跟吴贵妃的父亲交好，于是决定从他这入手。他本来就懂易经玄学，趁机跟这位国丈大人说道："贵妃无子，是因为天下无妻无后的光棍太多，致使上苍认为不公，所以惩罚到了贵妃头上，要想解除此厄，必须让鳏者有其妻，独者有其子，自然贵妃也就子嗣满怀了！"说完他就提到了湘湖吴村一事。吴国丈病急乱投医，宁可信其有，立即告知了贵妃娘娘。贵妃娘娘在皇帝面前一哭诉，皇上自然很快召孙学思问个究竟。孙学思趁机奏道："万岁，一湖隔开两岸，湖东是您的子民，湖西也是您的子民。如今只是百丈之距，湖西岸繁华富庶，湖东岸却遍地鳏寡。臣听闻黎民百姓的怨气太大，就会凝结上天，形成灾祸，这绝非明君所乐于见到的啊！"

嘉靖皇帝原本也不昏庸，听罢默默无语，他也有心修复这堤，既可解子民之贫困，又可助吴贵妃生个龙子龙女。但皇上乃金口玉言，一言既出，岂能更改？但皇帝毕竟是皇帝，他略一沉思后，随即下诏：湘湖之上不得修堤，然解百姓之苦，可想他法办之。孙学思一听，心中狂喜。众人要问，皇帝不让修堤，这孙学思怎么还高兴得起来。其实，这孙学思是何等聪明之人，他深知皇帝的心思，这皇上说过的话，怎么会再改变？堤是断不能修的，现在皇上只是说堤不可修，但可另想他法，那他法是什么？造桥呀。因此，他三呼万岁后，当即告假回乡。

本来跨湖大堤离合龙也就四五丈，孙学思一回来，请来工匠备料建桥，只用了两个月时间，一座单孔石桥就连通了跨湖堤。两岸合龙那一刻，桥上堤上挤满了吴村和孙村的村民，人人扶老携幼，流泪叩谢孙学思。

从那以后，东岸的居民烧制的砖瓦和陶器源源不绝由跨湖桥运到了湖东，经由官道输送到全国各地，大樱桃等特产再也不会腐烂在树上，都换做了一座座拔地而起的住宅厦屋。吴村富裕了，姑娘们也开始坐着大红轿子从跨湖桥嫁进吴村，一个个白白胖胖的娃娃分娩出来，湖东湖西，孙村吴村，两岸人民都过上了富庶的好日子。

至于嘉靖皇帝与那吴贵妃是否也增添了龙子龙女，确实不得而知。但有一点真切留下了皇上的痕迹，由于皇上有旨不能修堤，所以，这贯通湘湖的大堤，湘湖边的人至今为止从来不叫为跨湖堤，而是借着这单孔小桥，众口一词的叫作跨湖桥。

当时光流淌到700多年后的今天，博学的专家们敬仰于跨湖桥带给人们的贡献，给有着八千年历史的文化遗址起了个响亮的名字：跨湖桥文化。

浙江龙井救君王

　　元朝末期，农民起义风起云涌，大元眼见江山岌岌可危，开始了疯狂反扑。朱元璋率领的起义军被多次清剿，元气大伤，不得不暂时避居蛰伏杭州一带，等待反攻时机。

　　这一天是五月下旬，朱元璋只身带了一个随从来到附近的萧山一带游玩，眼见碧水如玉，青山叠翠，不由越走越远。看看到了正午时分，眼前突然现出一团云雾，云雾之上出现一个若隐若现的怪物。那怪物身形庞大，形如蛤蜊，蛰伏在一个山洞口吐着长舌，见有人过来，一下缩进了洞中。朱元璋从未见过此等怪物，不由大为惊奇，他使劲揉揉眼睛，见洞口云缠雾绕，怪物早已不见踪影。他思索半晌，决定到洞口看个究竟。

　　他与随从来到洞口，探头一看，洞内黑黝黝的，依稀传来哗啦啦的水声。他正要细看，突然一阵风起，一股浓重的腥气直扑而来，他刚要躲闪，不想猛地天旋地转，一下扑倒在地上，昏了过去。

不知过了多少时间，朱元璋终于醒了过来，他慢慢睁开眼睛，眼前居然出现了一个眉目清秀的姑娘，背着茶叶篓子，在用手绢帮他擦拭脸上的污垢。见到朱元璋睁开了眼睛，姑娘很高兴，又用竹筒喂了他一些清水，朱元璋的脑子更加清晰，只是浑身软得没有力气。听那姑娘说道："这位官人，我远远看见您走近这洞口，喊着阻止却没来得及。刚才那怪物是个两栖动物，平时一半时间潜在湘湖中，一半时间爬到这山洞里。因为以河豚等毒物为食，隔些日子就会来这山之上吞食这儿的茶树叶子，好像是来解毒似的。那怪物可是出了名的凶狠，一呼一吸之间会喷出剧毒，并能一口吞噬下半大的水牛，在此已伤害了许多人的性命。刚才您的随从就被它吞了进去，您真是福大命大，实在不是凡人俗子啊！"

朱元璋听到这话不由大骇，想不到在此地遇到劫难。他想爬起来下山回军营，没等起身又摔倒在地上。姑娘看看日头已经西斜，劝说道："官人，我姓柳，就住在附近，家里世代采茶为业。看您难以行走，那怪物还在洞中，说不定待会儿又出来作祟。不如您且随我到家里去休息一下，怎么样？"此情此景，朱元璋哪里还能反对，只得被柳姑娘搀扶起身，趔趔趄趄下了山。

柳家是一座独门小院，安静舒适，无人打扰。朱元璋在柳家一住就是三天，柳家全家老小对他照顾得无微不至。为了排除朱元璋体内的毒素，柳姑娘还每天给他喝自家炒制的旗枪茶。

在元末明初，"吃茶"，吃的是茶饼。茶饼的做法十分繁复，采来的鲜叶要经过萎凋、杀青、揉捻、晒干、干燥等十几道工序，最后蒸压成茶饼。吃的时候掰下茶饼磨碎成粉末，用开水冲了，连茶沫子一起喝掉。

而柳姑娘给朱元璋饮用的却是炒制的散茶，冲泡之后，只喝茶汤，剩下的茶叶渣倒掉，和常人的"吃茶"习惯大不相同。朱元璋感到十分好奇，但喝了几天茶汤后，不但病症全消，还觉得耳聪目明，舌下生津，精力旺盛，遍体通泰。不过三天时间，他的身体就完全恢复了健康。

虽然只有短短的三天时间，可朱元璋每天和柳姑娘朝夕相处，已经暗暗喜欢上了这个眉清目秀的女孩。在临告辞回去时，他大胆地问柳姑娘是否有了婆家？柳姑娘哪能不懂他的意思，大大方方地说，她从小就被父母之命指腹为婚定下了亲事，未婚夫婿也是萧山的制茶人家。朱元璋暗道遗憾，当即决定，和柳姑娘八拜为交，结为兄妹。临走之时，柳姑娘给他包了好大一包旗枪散茶，让他持续服用，说是有强身解毒之效。

在杭州蛰伏一段时日之后，朱元璋养精蓄锐，秘密招兵买马，等到了绝好的时机，号令起义军卷土重来，战事一路告捷。临离开杭州时，他派人到柳村购买了大量旗枪散茶，作为官兵日常饮品。

数年之后，朱元璋终于击败元军，在应天登基称帝，改国号为"大明"。有道是皇帝也有草鞋亲。朱元璋做了皇帝，昔日有恩之人不时找上门来攀亲认故，图封讨赏，多少故旧都飞黄腾达起来，唯独有救命之恩的柳姑娘从未露过面。当朝天子每天一睁眼就要忙多少国家大事，早已经把当年和柳姑娘的一段兄妹之谊忘在了脑后。

朱元璋在天子宝座上一坐数年，天下太平。这一天，他心血来潮，换了平民百姓的衣服出宫闲走，想微服看看自己治下的臣民生活如何。京城街道繁华，人流如织，他不由得心情大好，一路迤逦行来，却看见很多行人在朝着一家雕梁画栋的茶叶店跑过去。很快，店门前已是人头攒动，围了个外三层里三层。朱元璋好奇心起，也挤进去一看，原来是一群人在斗茶。

斗茶，这是从盛唐起就风行的游戏。下至贩夫走卒，上至显贵大员，莫不以此为乐。斗茶历来选用茶饼来斗。从茶饼的品级，冲泡的技巧，茶具的品质，多方进行角逐。调制时先将茶饼烤炙碾细，然后烧水煎煮。如果研碾细腻，点茶、点汤、击拂都恰到好处，汤花就匀细，可以紧咬盏沿，久聚不散，这种效果叫"咬盏"。斗茶就是斗谁的"咬盏"时间长。若汤花不能咬盏，而是很快散开，汤与盏相接的地方立即露出"水痕"，这就是输。

既然是有个"斗"字，其实就沾了一个"赌"字，当然要有彩头。不同层次的人的彩头自然也大有区别，王公贵族们一场茶斗下来，动辄成千上万的金银出入，民间因斗茶倾家荡产的也不在少数，对这种情况，朱元璋早有耳闻。虽然他早就有令，严禁赌博，这股风气压根刹不住，连"茶"都能成为赌具，可见当时的赌风之盛了。

朱元璋紧盯着参赛众人面前的茶饼，不由得皱紧眉头，心中极为不快。为啥？那些茶饼盒子描金点翠，镶珠嵌宝，豪奢异常，就算在他的皇宫大内，也未必找得出这样华贵的器具。

斗茶在众人的轰然叫好中一项项进行，拼斗到冲茶出汤的时候，结果也就出来了。获胜的一方得意洋洋拿走了几万两白银的彩头，输掉的人则沮丧至极，恶狠狠地把剩下的茶饼抛到脚下用力踩踏。

眼见赌局分出胜负，围观众人还意犹未尽，一边散去一边还在品头论足。等人群散净，朱元璋走过去，捡起了那些被踩踏得稀烂的茶饼，发现茶饼盒子上印着三个字："萧山柳"。他不由得一怔，二十多年前在萧山被救一幕幕立刻在眼前浮现，那个救了自己一条命的姑娘，不就是住在萧山的柳家女儿吗？只是不知道这"萧山柳"跟当年的柳姑娘是不是一家。自己登基多年，早就把这段恩情忘得一干二净，此刻突然想起，不由得万分愧疚。

当晚，朱元璋在床上辗转反侧，当年怪物呼出的毒气混合着旗枪茶水的清香似乎就围绕在鼻端。侍驾的皇后探问出他的心结以后，劝道："自从皇上登基，不知道多少人前来挟恩索惠，招摇撞骗之徒众多。可这柳姑娘一家待陛下如此大恩，却从没来过。这样施恩不望报的老实人，应该报答才是。"

一番话说到了朱元璋的心坎里，他当即决定，派人携重礼去萧山寻访恩人。

半个月后，派去的人风尘仆仆赶了回来，带回来一个三十几岁的男人。朱元璋依稀认出来了，这正是柳姑娘的弟弟柳木郎。柳木郎见了皇上吓得腿如筛糠，好半天才说出一句"皇上万岁万万岁"。朱元璋命他不要害怕，他的姐姐柳姑娘可好？为什么不来见驾？不想柳木郎失声痛哭，启奏皇上说，姐姐已经死了。

朱元璋心里一阵难受，又觉得奇怪，那柳姑娘现在也不过四十来岁，怎么会这么早就亡故了？再听柳木郎一番讲述，朱元璋龙颜大怒，差点从龙椅上跳起来。

原来，柳姑娘自从嫁给指腹为婚的丈夫后，夫妻恩爱，琴瑟和谐，靠着经营茶叶生意，日子过得红红火火。随着大明建立，人民生活安定下来，斗茶之风重新兴起。在柳姑娘的操持下，夫妻俩的茶山生意越来越大，制成的茶饼也越来越精致豪奢，由于茶叶品质极好，加上做工精到，在历次斗茶中，柳家的茶饼屡次拔得头筹，渐渐地，名气越来越响，连京城里的富贵达人都不远千里来柳家定制茶饼，夫妻俩的家业着实发达起来。

但是，真叫树大招风，就在上次的京都斗茶大会，参斗一方是庄亲王的岳父，为了赢这一局出了巨资，没想到最后功亏一篑，输掉了巨款。经过仔细检验，发现竟是柳家的茶饼以次充好。老爷子一气之下旧病复发，呜呼哀哉了。庄亲王极其恼火，立即下令杭州知府抄没了柳姑娘的茶庄，并把柳姑娘夫妻打入死牢，都被活活打死了。

柳木郎痛哭着禀告皇上，他们一家做生意讲究货真价实，从不肯昧心做事，当中一定有鬼！

朱元璋心痛半日，当即下令彻查此事。案情很快大白，原来是柳家生意太火，被同行设计陷害了，那劣质茶饼，压根就和柳家无关。

朱元璋把那欺下媚上的杭州知府革职治罪，他心里替恩人柳姑娘抱屈，又反思着盛行全国的斗茶风气的弊端，痛定思痛，下了一道圣旨，严禁所有的斗茶赛事，还规定自此取消茶饼的制法，全部改成散茶炒制，吃茶则改为喝茶，凡有不从者，斩立决。

圣旨一下，举国震动，开始人们还不习惯喝茶倒掉茶叶的做法，但皇帝圣旨一下，谁敢不从？慢慢也就接受了喝茶之法，由此一直沿续至今。而朱元璋念着当时萧山旗枪茶的救命之恩，下旨将其作为贡品，让杭州知府年年向朝廷进贡。

现在，能解渴祛毒的萧山旗枪茶仍在，只不过早已经不叫旗枪茶，而是更名为"浙江龙井"。这浙江龙井与一江之隔的西湖龙井一样，是浙江地区最负盛名的顶级香茗。

《兰亭序》的湘湖缘

　　说起书圣王羲之的《兰亭序》，可以说无人不知，那被称为天下第一行书的《兰亭序》，千百年来让多少文人雅士顶礼膜拜。但你一定不会知道，这《兰亭序》竟与地处杭州萧山的湘湖有着极深的情缘。

　　那是公元353年晋永和九年的三月初三，时值暮春，处处杂花生树，草长莺飞。在现在的绍兴，当时称作会稽山阴县的兰亭之内，迎来了一群特殊的客人，他们是由当时任职右将军的会稽内使王羲之发起的修禊活动的参与者。

　　修禊，是一项传统风俗，在三月初三这一天结伴去水边赏玩嬉游，祈福辟邪。这次参与修禊的都是当时雅士名流，如谢安、孙绰等，共四十二人。

在这一干文人雅士中，有一位叫许询的隐士，出身显贵，才华超群。族人中的子弟都出仕为官，他却对官场极为厌恶，为了避免得罪晋朝王室，他与友人一起来到萧山的湘湖边上隐居，每天作诗喝酒，采药种花，逍遥赛神仙。他跟王羲之是知己朋友，所以自然也在其列。

当时，众位文人墨客在水边举行了祓祭仪式，又用香薰草蘸水遍洒身上，沐浴洗涤污垢，祈求消除病灾。修禊完毕，一干文人自然离不开喝酒斗诗，玩起了曲水流觞的游戏，四十二位名士列坐在蜿蜒曲折的溪水两旁，然后由书童将斟酒的羽觞放入溪中，让它顺流而下，若觞在谁的面前停下了，便得赋诗一首，吟不出诗就罚酒三杯。等到酒尽曲终，众人共写下了57首诗词，大家一合计把诗汇集到一起，公推德高望重的王羲之写一篇序文，以记录这次盛会。王羲之当时已经醉意蒙眬，带着酒意呼唤僮仆呈上他最爱的鼠须笔和蚕茧纸，饱蘸浓墨，就在兰亭之内书写起来：永和九年，岁在癸丑，暮春之初，会于会稽山阴之兰亭，修禊事也。群贤毕至，少长咸集。此地有崇山峻岭，茂林修竹；又有清流激湍，映带左右，引以为流觞曲水，列坐其次……

书写着，他的脑海中浮现出混乱的朝政，生灵涂炭，民不聊生，他清白的文人风气难容于这污浊的世道，一再被权贵排挤打压，竟然被政治风暴刮到这偏远的会稽，不知道什么时候才能实现拯救黎民的政治抱负……

他想着写着，脑海中一时迷惘，一时酸楚，一时激越，一时豪迈，手下却丝毫不含糊，下笔飘若浮云，矫若惊龙，不知不觉，已经写完二十八行、三百二十四字，被后人誉为"天下第一行书"的《兰亭序》。一气呵成之后，他扔掉鼠须笔，拈须哈哈一阵长笑，不知是酒意涌了上来，还是什么原因，只见他忽然跟跟跄跄扑倒在兰亭内的石桌之上，很快鼾声大作，竟然昏睡了过去！

朋友们捧着这幅字，观摩着那一个个似欲破纸飞去的字体，连声惊叹。看看天色不早，有人提议该回城了。可王羲之却依然伏案大睡，怎么召唤都醒不过来，脸色也渐渐由红变青再由青变白。众人这下才急了起来。

萧山隐士许询一看事情不太对头，把住王羲之的手腕搭了一下脉，脸色却渐渐凝重起来，沉吟片刻说道："逸少（王羲之的字）这不是普通的醉酒，他是风邪入体，不想点办法，只怕是不易醒来了。"

众人大惊失色，纷纷询问有什么办法能驱邪除祟，同来的王羲之的六个儿子一听此言，早已经跪倒在许询面前，流泪叩求让父亲快点醒来的良方。

许询说道："我在我居住的湘湖边上筹资建了一座崇化寺，香火很旺。寺里的方丈智全大师是我多年知交，医卜星相无所不通，也许到他那里去，会有些办法。"

这话一出，众人纷纷赞同，立即决定，一起护送王羲之去湘湖边上的崇化寺走一遭。

兰亭距离湘湖大概也就六七十里路程，众人有的坐轿，有的骑马，簇拥着王羲之乘坐的轿子赶了过去。到崇化寺的时候已经是午夜时分。虽然经过了这一下午加半夜的时间，但王羲之仍然是呼呼大睡，没有一点醒过来的迹象。

智全方丈听说是王右军大人酒醉不醒，急忙把他们一行人让到精雅小舍，搭了半日脉，才徐徐说道："各位大人，老僧有一言，不知道当讲不当讲？"

众人急忙请他快讲。大师说道："许先生说得没错，右军大人的确并非单单是饮酒过量，而是招了邪祟。现在要让他醒来，万望各位依老僧一计。在这湘湖之南，有一座越王山，各位可曾知晓？"

众人急忙点头。大家都知道越王勾践调兵遣将的前沿指挥部就在湘湖周边的山里，山上还有点将的"越王台"。吴国夫差的水师进犯此山时，范蠡亲率士兵在山顶用巨石将其击退。山顶有"走马岗""伏兵路""支更楼""逍遥天"等故址，是越军保栖此山的遗迹，所以此山一直被称为"越王山"。

智全大师点头说道："就在这越王山的半山腰，湘湖之南，有一块突兀峭拔的巨岩，上面光秃秃孤零零，不生草木，已经存在了千万年。这块巨岩的方位奇特，背山面水，巽四绿归于东南巽位，右军大人生肖属猪，永和九年东南向主文昌运，如若能在这块巨岩之上造一个凉亭，不仅能解脱此厄，逢凶化吉，辟邪祛难，还能保佑右军大人大圣大贤啊！"

这几句话一出，众人面面相觑，王家子孙早已经拜倒在智全大师面前，连声应允。说来也怪，刚刚答应完毕，那一直在病榻沉睡的王羲之，居然睁开了眼睛，含混不清地嚷着："好酒！好诗！好字！好睡啊！"

次日一大早，众人用完了斋饭，由智全大师和许询带路，一起赶往越王山。果然，远远就看见在越王山的半山腰上那块硕大的巨岩。巨岩前方，有三条大江，一条是浙江的母亲河钱塘江，一条是富春江，还有一条是浦阳江，这三条大江的汇合点就在巨岩的正对面。

王羲之兴之所至，索性就带着众位文友住在了崇化寺，大家各抒己见，画出了凉亭的草图。许询负责张罗请工匠购建材，不过数日功夫，一座飞檐走壁的凉亭已经建好，远远望去，似乎悬空在巨岩之上，衬托着越王山上湘湖岸边的美景，更加夺人眼目。站在凉亭之中，向前看有三条大江尽收眼底，往后看，浩瀚湘湖一览无遗，大家一商量，凉亭就叫"一览亭"，几个大字自然是王羲之书写。

"一览亭"完工之日，众位文人雅士照例又是喝酒吟诗，一为庆祝凉亭竣工，二为祝贺右军康复。王羲之痛饮过后，站在"一览亭"上向山下遥望，只见湘湖一碧茫茫，水鸟翱翔其上，周围绿树苍苍，长久以来的郁闷似乎一扫而空。

"玄度（许询的字），难怪你离开家乡在这里隐居，果然是个神仙所在！为兄想带众友坐船游一游这湘湖，你看可好？"

许询一听这话，却犹豫了一下。为什么？原来这湘湖虽然清幽美丽，人烟却稀少，一直以来如同一颗掩埋在黄土里的珍珠，不被外人所知，自然也就没人在这湖里游玩了。不过，看着王羲之兴致勃勃的样子，他不忍回绝，笑着说道："右军兄，这有何难？不过今天天色不早，叫上船来也必然夜色降临了。不如我们明天再来游湖吧？"

许询说得有理，王羲之也就答应了下来。就等第二天天亮后畅游湘湖。

许询却犯了难。为什么，没有船。这湘湖中没有一条可供人乘坐之船，如果从外面去弄，这湘湖夹在二山之间，交通极为不便，又运不进去。但现在已经答应了王羲之，说什么也要想办法。他找来当地乡绅把心事一说，一个乡绅说道："这有何难？小人家里积存了很多几人合抱的大树，我们连夜赶造几十艘独木舟就是了，只是这工钱……可不能含糊。"许询一听，不由得眼前一亮，拍手赞妙！

独木舟，是湘湖远古时候独有的湖上工具，在粗木上抠出来一个凹槽，大小仅供两人乘坐。它工艺极其粗糙简单，放在湖里，就是一段一段粗壮的圆木漂浮在湖面罢了。

许询带人连夜赶造独木舟，功夫不负苦心人，天色大亮的时候，三十几艘独木舟已经造完，被工匠们合力推下了水，等王羲之带着文友们来到湖边，一见这独具匠心的独木之舟，高兴得手舞足蹈。

每一艘独木舟上都坐着一个文人和一个撑船的山民。独木舟摇摇晃晃驶进了湘湖深处。湖水浩浩淼淼，清澈明净，王羲之披襟当风，不由得胸怀大畅，纵声高歌。就在尽情欢歌时，想不到乐极生悲，忽然一阵大风刮过，这独木舟原本简陋，一遇大风立刻剧烈地摇晃起来。不识水性的王羲之，吓得诗性早已飞到了九天云外，他往舟帮上紧紧一扒，这一扒那叫要命，独木舟一个倾斜，一下倾覆了过去，来了个底朝天。王羲之连救命也没喊出声就掉进了浩瀚湘湖。

也许是王羲之命不该绝，这三十多条船上的人，没一个会水的，唯独为其撑船的那山民原来是一个渔夫，会得一身好水性，只见他一把抓起了王羲之，把他放在已经是倾覆的独木舟的舟底，一手划着水，一手推着独木舟，往岸边划去。

三月天气不算冷，可水里毕竟寒凉，王羲之又刚刚恢复健康，这一落水一受冷又是一场大病。这一天许询来他的房间看望，见王羲之的气色已经恢复，正在案前挥毫泼墨，只是眼神呆滞，似乎心事重重。看见许询进来，王羲之搁下了笔，满脸愁容地坐在了椅子上。许询走过去一看，案上所写的，正是那《兰亭序》。

许询不解地看着王羲之。王羲之叹口气，低声说道："玄度有所不知，我这次掉进湘湖，虽然得了场病，但现在基本恢复了过来，只是……只是……唉！"

"只是什么？"许询奇怪地问道。

"只是我那时刻不离身的《兰亭序》，掉进湘湖里去了！"

啊？许询也大吃一惊，回想起当日在兰亭王羲之醉酒后酣畅淋漓的行书，直劲儿跺脚说可惜。

王羲之皱着眉头说道："那天写的《兰亭序》，众人都看到了，都说写得不错，日后肯定有人要来向我索看，可我把他落到湘湖中去了，叫我拿什么示人，不明事由者或许还会讥讽我是小气而不愿出示。想来想去我觉得此事还是不要声张为好，因此这两日一直想再写一幅跟当日一模一样的《兰亭序》来，可……可说来也怪了，我写了几十次，没有一次能与当日书写的相提并论！我的心情糟透了！"

许询看着萎靡不振的王羲之，闭上眼睛想了半日，然后睁开眼睛笑道："右军，当时智全大师嘱咐咱们在建造一览亭之前，要你写一篇祭湖文。可我记得很清楚，后来这祭湖文章是写了，可不是你亲自所写，是由你家献之公子代劳的，是吧？

看来这祭湖文一定得由你亲笔书写才对呀。"

王羲之一听，瞪大眼睛看着许询，"难道说……你是说，是湖神见怪了，才单单让我掉进了湖里？还拿走了……我的兰亭序？"

"我猜啊，就是这么回事！这湘湖的湖神可灵着呢。本地的百姓有个大事小情的，只要在湖神庙里烧几炷香，说点好话，十有八九都能得遂心愿！要我看啊右军，你也不必烦恼，一定是湖神怪你小气，又贪图你的墨宝，这才有心留下了你的《兰亭序》！"

王羲之呆呆发愣，忽然想起当时落水的一幕，因为自己不识水性，被独木舟倒扣在水下时本以为必死无疑，可说来也怪，他在水下不但没觉得往下沉，似乎还有一股神奇的力量在托着自己向上浮。直到浮上水面了，那船夫才抓起了自己……

王羲之想通了这一节，不由得放声大笑，失去《兰亭序》的烦恼就在这一笑之间烟消云散，他甚至不无自得地想：原来不仅是这世上的人喜欢我的字，连水下的湖神，也喜爱呢！

所以呀，真正的《兰亭序》，早已跌落在湘湖之中。这事，王羲之叮嘱许询为自己保守秘密，他也没对任何人提及，包括自己的夫人，儿子。至于流传出来，后来据说又被唐太宗李世民带到坟墓里去的那个所谓天下第一行书《兰亭序》，是书圣自己背临自己的产物，他是在后来重新书写的几十幅《兰亭序》

里挑了一幅还算满意的作品，假说成是最初的那一幅真迹。看来世人包括至高无上的皇帝都被书圣蒙骗了。

据说那落入湘湖的《兰亭序》，是写在蚕茧纸上的，那蚕茧纸浸泡在水中千年不变万年不烂，或许有朝一日哪个幸运之人与之有缘，在湘湖边上寻觅到真正的《兰亭序》也真的不是没有可能。

而那"一览亭"，在朝代更替中几建几毁，抗日战争时期日军占领萧山后被改成一座碉堡。日本投降后，碉堡被拆除，但至今那几根原来的柱子还在，作为杭州市级文物，默默地耸立在那里，日日夜夜守护着湘湖，似乎是在对当年聚集在此的东晋文人雅士的无声凭吊。

后 记

从小有许多梦想，其中一个，就是长大了要成为作家。小时候，除了人手几册的"红宝书"，能看的书实在少之又少。当时，四大名著都属禁书，一般的文学艺术类书也难觅踪影。一本《水浒传》翻来覆去看了几十遍。在那"多读书不如不读书"的环境里，在我的心中竟然萌生了个作家梦，现在想想也不禁哑然失笑，真的想不通当时是哪根神经出了错。

经过半个世纪的岁月更替，回头看看自己走过的前半生，其他的梦想都成了一枕黄粱，然作家梦好像稀里糊涂正在接近现实，虽没有写下什么流芳百世的惊世之作，可在公开刊物上也发表了百余万字的不入流的长长短短的东西，细细数来，自己写的和自己编的各式各样的书倒也有二十多本。当有幸拿到上海市作家协会会员证时，我想，名义上我也算是一个业余作家了吧。

其实，与我而言，可能更看重"民间文学研究者"这个"头衔"。想想自己近大半生的业余时间，都花在了民间文学收集整理与研究上。自己的作品和书籍，基本上都属于"不齿于人"的这一类。现在这本小书，自然也不例外，同样是"不入流"的民间文学之作（在某些人眼中，可能连"文学"二字都不够格）。

收入本书的，既有十几年二十几年甚至三十几年前收集整理的旧稿，也有刚写就的近作。这些民间传说（抑或叫民间故事）的素材，绝大部分源自我的家乡枫泾，其中，有些是我从小就听我母亲讲的、有些是许多年前在村口纳凉时听摇着蒲扇的老人们"东搭码头西搭海"的谈资中获得的，当然更多的是我主动打破砂锅问到底得来的。可以肯定的是，这些内容都曾在当地长期流传着。

需要说明的是，因为传说都流传于民间，这就很难避免有些素材其他人也可能涉及过，但按照民间传说收集整理的固有做法，这并不违反其"规则"。当然，我之挖掘收集整理，不论是故事构架还是人物设置抑或核心情节，均希望带有明显的"郁氏"特征，全然不会与任何一家有什么雷同。

本书除了源自枫泾地区的传说，我还收录了我为浙江萧山湘湖研究院挖掘整理的三篇作品，一是这些作品也属传说范畴，二是现在不少风景区都在借用传说来营造文化氛围，以故事来博游人的眼球。可不少地区的所谓故事传说其实属无中生有，违背了民间文学泰斗钟敬文老先生一贯倡导的"收集、整理、记录"的要求。我为湘湖研究院整理的三则传说，基本上忠实记录了历史上湘湖地区的人物、风俗和相关事件，只不过是把故事编织得更有可读性、更有可信度、更加好玩罢了。这三则传说，后来在国家级刊物《民间文学》的"故事名家"栏目分三期刊发，现在作为附录收入本书，我想，对正在"创作"风景名胜传说的文人雅士们也许有些启示。

至于出版本书的目的，主要是想为家乡留下一点传统文化的印迹，也算作是一个草根作家，对生我养我的家乡的一点小小的回报吧。

衷心感谢陆军教授百忙中拨冗作序。陆教授是中国著名的剧作家、国家重大课题首席专家。之所以请他作序，因为他既是我的导师和挚友，了解和熟悉我走过的每一步。更主要的是，他虽然不专攻民间文学，但才华横溢学识渊博，我想他用戏剧人的眼光来打量民间文学，必定会别有一番情趣。当我收到他的序言后，我为自己的这一选择叫好。

姚林兴

2017 年中秋